알바   염탐러

알바 염탐러

초판 1쇄 발행 2019년 11월 20일
초판 2쇄 발행 2020년 6월 1일

지은이 문부일
펴낸이 정혜숙   **펴낸곳** 마음이음

책임편집 여은영
등록 2016년 4월 5일(제2016-000005호)
주소 03925 서울시 마포구 상암동 1602 문화콘텐츠센터 5층 6호
전화 070-7570-8869 **팩스** 0505-333-8869 **전자우편** ieum2016@hanmail.net
블로그 https://blog.naver.com/ieum2018

ISBN 979-11-89010-14-0 43810
          979-11-960132-5-7 (세트)
CIP2019045013

알바
염탐러

문부일 지음

마음이음

차 례

알바 염탐러

평일 저녁인데도 횟집 '회 뜨는 날'은 손님이 많아 초보 알바인 나는 정신을 차릴 수 없었다. 불황이라고 매일같이 언론에서 떠드는 요즘, 이 작은 식당은 한 달 매출이 칠천만 원 이상이라고 한다. 그 비결은 무엇일까? 반드시 알아내야 한다.

에어컨을 강하게 틀었지만 매운탕이 끓고 있는 식탁 사이를 정신없이 뛰다 보니 땀이 흘러내렸다. 사장님이 사다 준 아이스라떼를 마셨지만 얼음이 녹아서 맛이 밍밍했다. 손님은 계속해서 들어왔고, 빈자리가 없어서 젊은 남자 다섯 명이 밖에서 기다렸다.

"오랜만에 오셨네요! 모듬회를 좋아하셨죠? 음료 드시면서 기다리세요."

사장님은 아들뻘 되는 손님에게도 깍듯하게 대하며 얼음이 둥둥 떠다니는 수정과를 내밀었다.

"값이 싸고 사장님이 친절해서 자주 오게 되네요. 맞은편 동해 횟집은 완전히 망한 거예요?"

안경을 쓴 손님이 물었다.

사장님이 동해 횟집은 갈빗집으로 바뀐다고 대답했다. 우리 지역에서 가장 큰, 2층 규모의 횟집이 작은 횟집과의 경쟁에서 완패한 것이다.

"불친절한데 비싸고 맛도 없어서 망할 줄 알았어요."

다른 손님이 맞장구쳤다.

불이 꺼진 동해 횟집 간판을 보니 절로 한숨이 나왔다. 남 일 같지 않았다. 2번 손님이 소주를 달라고 소리쳤다. 이 횟집에서는 잠시도 한눈팔 틈이 없었다.

"어떤 소주 드릴까요? 맑은물? 아니면 새벽이슬?"

"야, 벌써 네 병째인데 기억 못 해? 머리가 나빠서 제대로 일하겠냐?"

술에 취한 아저씨가 눈을 흘겼다.

머리가 나쁘다는 말을 듣다니! 전교 5등이라고 말하려다 참았다. 식당에서 일하는 동안에는 수학, 영어, 과학 등 학교 공부를 잘하는 것은 큰 의미가 없다. 눈치 빠르게 움직이고 친절하게 손님을 대하는 서비스 자세가 더 중요했다. 고등학교에 '장사 실습' 과목이 있었다면 나는 낙제였을 것이다. 실수를 많이 해서 어리바리하다고 완전히 찍혔으니까.

술을 가지러 가는데 사장님이 먼저 손님이 원하는 소주를 식탁에 올려놓았다. 손님들의 취향을 기억하고 있다니, 장사의 신이었다. Oh my God! 감탄사가 절로 나왔다. 장사의 신을 보니 이 가게에서 삼십 분 정도 떨어진 곳에 있는 '제주 푸른 바다' 횟집의 박 사장님이 떠올랐다. 박 사장님은 손님이 찾으면 알바생에게 가보라고 손짓했고, 늘 무뚝뚝해서 손님들이 화났냐고 묻기도 했다. 안타깝게도 박 사장님은 우리 아빠다.

명문대 졸업 후 대기업에 들어간 아빠는 임원 승진을 앞두고 명예퇴직을 했다. 정확히 말하면 잘렸다. 집에서 빈둥거리던 아빠는 노후 자금과 두 아들의 학비를 벌어야 한다며 퇴직금을 몽땅 털어서 일 년 전 시내 한복판에 횟집을 차렸다. 아빠 친구가 횟감을 특별히 싸게 주겠다며, 값이 싸면 손님이 줄을 설 테니 계산대에 앉아서 돈 계산만 하면 된다고 아빠를 부추겼던 것이다. 아빠는 자신감이 충만한 캐릭터로, 살아오면서 실패한 적이 없었다. 엄마는 하지 말라고 애원했지만 아빠의 고집을 꺾을 수 없었다.

개업 후 몇 달 동안은 지인, 친척 들이 몰려와 곧 건물도 살 수 있겠다고 아빠가 으스댔다. 소위 오픈 빨이었다. 지금 매출은 개업할 때의 5분의 1로 떨어져서, 매출이라는 단어를 쓰기에도 부끄러울 지경이었다.

그사이 가게 임대료와 식재료값이 올랐다며, 아빠는 음식값을 올렸다. 그랬더니 손님은 확 줄었고, 돈이 없어서 월급이 밀린 탓에 직원들이 관두었다. 갈수록 서비스의 질이 떨어져 손님이 더 오지 않는 악순환에 빠지고 말았다. 부모님은 나에게 걱정하지 말고 공부만 열심히 해서 명문대에 가라고 했지만 손님이 없는 가게를 보면 걱정을 안 할 수 없었다.

군대에서 휴가 나와도 놀지 못하고 가게 일을 도운 형이 귀띔하길, 이대로 가면 담보로 잡힌 아파트도 위험하다고 했다. 집안이 망하는 꼴을 구경만 할 수 없어서 포털 사이트 질문 게시판에 가게가 어렵다고 글을 남겼다. 그랬더니 사장님이 맛집에 취직해서 비법을 연구해야 한다고 적혀 있었다. 아빠한테 알바를 하라고 하면 충격 받을 테니 내가 움직여야 했다. 그렇게 해서 여름 방학에 학원 수업도 빠지고 알바를 하고 있다.

지금 우리 가게에는 손님이 몇 명이나 있을까? 똥파리가 점령한 것은 아닐까? '제주 푸른 바다'가 아니라 점점 구린 바다가 되어가고 있다. 또 손님이 들어왔다. 빈자리가 없다고 말하려는데, 술에 잔뜩 취한 할아버지가 사장님을 찾았다.

"이 새끼야! 앞으로 얼마나 잘사는지 두고 볼 거야!"

할아버지가 삿대질하며 소리를 질러 댔다. 주방장 형이 달려와서 할아버지를 밖으로 끌어냈다.

"맞은편 횟집 사장님이야. 우리 가게 때문에 장사를 접었으니 억울하겠지."

주방 아줌마가 안쓰러운 눈빛으로 할아버지를 바라보았다.

"맛이 없고 비싸면 손님이 없는 게 당연한 거야."

사장님이 쌀쌀하게 말하더니 냉장고에서 콜라를 꺼내 단숨에 마셨다. 그리고는 에어컨 앞으로 가서 한참을 서 있었다.

"더우면 반팔을 입으세요."

어떤 손님이 말했다.

폭염인데도 사장님은 매일 긴팔 옷을 입었다. 사모님은 사장님 팔에 털이 많아 손님들이 불쾌해하기 때문이라고 했다.

어디에선가 아이들의 웃음소리가 들렸다. 가운데 자리에서 젊은 부부가 꼬마 두 명과 식사를 하고 있었다. 뛰며 장난치는 꼬마들을 제지하느라 아빠가 밥을 제대로 먹지 못했다.

"제가 애들 볼 테니까 십 분만이라도 편하게 식사하세요."

사모님이 꼬마들을 데리고 수족관으로 가더니 뜰채로 물고기를 꺼냈다. 꼬마들이 환호성을 질렀다. 사모님과 사장님을 보면 부창부수라는 단어가 떠오른다.

'제주 푸른 바다' 횟집의 사모님인 우리 엄마는 아이가 오면 싫어한다. 팔팔 끓는 매운탕에 다친다고 안전을 위해 노키즈존으로 하겠다고 해서 직원들이 반대했다. 엄마 아빠는 장사를 할 의지가 없는 무기력 CEO들이다.

"상추랑 마늘 좀 주세요!"

손님의 말에 알바 팀장을 맡고 있는 해봄 누나가 앞치마를 휘날리며 동에 번쩍 서에 번쩍 뛰어다녔다. 긴 머리카락이 음식에 빠지지 않도록 질끈 동여매 멀리서 보면 댕기 동자 같았다.

누나는 능력을 인정받아 한 달 만에 알바 팀장으로 승진했고 시급을 오백 원이나 더 받았다. 확실한 성과 보상 제도였다. 1인 3역을 해내는 누나는 주변 가게 사장님들의 뜨거운 러브콜을 받는 프로 알바였다.

삼고초려 해서 누나를 우리 가게 직원으로 특별 채용한다면 '제주 푸른 바다'도 손님이 늘어날까? 우리 가게 알바생은 며칠 일하다가 갑자기 관두기 일쑤였고, 소주와 비싼 재료, 심지어 값비싼 자연산 다금바리를 훔쳐 간 경우도 있었다.

손님에게 매운탕을 가져다 드리고 잠깐 쉬고 있었다. 어디에선가 나를 부르는 것 같아 두리번거렸다. 알바를 시작한 지 삼 일밖에 안 됐는데 사소한 소리에도 예민해지는 직업병이 생겼다.

"박도윤! 회덮밥 손님한테 매운탕을 드리면 어떻게 해?"

해봄 누나가 나를 보며 눈을 흘겼다.

"자기가 사장 딸이야? 해봄이는 우리랑 비교되게 왜 저렇게 열심히 해?"

민규 형이 이맛살을 찌푸렸다.

어쩌면 누나는 사장의 친척으로 알바생이나 주방 직원들을 감시하고 있을지도 모른다. 나처럼 개인 정보를 속였을 수도 있다. 고백하자면 고등학생은 알바로 채용하지 않아 나는 형의 신분증을 보여 주고 일을 시작했다. 형과 얼굴이 닮았고, 행운인지 불행인지 덩치가 커서 친구들보다 나이가 많아 보여서 쉽게 일할 수 있었다. 대학교 이야기가 나오면 들통날 것 같아서 고졸이라고 속였다. 이런 까닭에 알바 하는 형과 누나한테 반말을 써야 했다.

회덮밥 손님들은 매운탕이 무료로 나온 줄 알았다며 머쓱하게 웃었다. 냄비에는 앙상한 생선뼈만 남았다. 주방에 가서 다시 매운탕을 달라고 했다.

"알바가 처음이라서 봐 주는 거야. 실수하면 욕하는 주인도 많아."

주방 아줌마가 잔소리하며 솥에 끓고 있는 매운탕을 작은 냄비에 담아 주었다.

회를 뜨고 남은 생선으로 매운탕을 끓여야 하는데, 시간도 오래 걸리고 번거로워서 한번에 끓여 놓는다. 광어회를 먹었는데 매운탕에 우럭 대가리가 있다고 따지는 예리한 손님도 있었다.

3번 식탁 가스버너에 매운탕 냄비를 올려놓았다.

"빨리 먹고 가야 하는데 왜 이렇게 늦게 나와요?"

"죄송합니다."

알바를 하다 보니 하루에 '죄송합니다!'를 수십 번 말한다. 일을 하면서 처음으로 공부 못 하는 녀석들의 마음을 헤아리게 되었다. 또한 내 자신에 대해서 많이 깨달았다. 나는 눈치가 없고 몸이 굼떴다. 학교에서 공부만 했다면 나에 대해서 이렇게 확실하게 깨달을 수 있었을까? 결론적으로 장사는 내 체질이 아니었다. 아빠도 장사를 하면 안 되는 캐릭터. 아빠가 이 중요한 사실을 모르니 큰 문제였다.

"매운탕에서 똥파리가 나왔어요!"

7번 손님이 소리를 지르자마자 사장님이 전속력으로 달려갔다. 다른 손님들도 수저를 내려놓았다. 매운탕에 떠 있는 똥파리를 보니 속이 울렁거렸다.

"먹다가 나왔으면 날아다니는 똥파리가 빠진 거라고 생각할 텐데, 가지고 올 때부터 있었어요."

손님의 얼굴이 붉으락푸르락했다. 그럴수록 사장님과 주방 아줌마의 얼굴이 어두워졌다.

"죄송합니다. 밥값을 받지 않겠습니다."

손님은 식사 도중에 자리에서 일어나 가게를 나가 버렸다.

사장님이 알바생과 주방 아줌마, 주방장 형들을 불렀다.

"민규가 매운탕을 가져갈 때 확인해야지. 식당에서는 위생과 청결이 가장 중요해!"

아빠였다면 알바생들을 혼냈을 테지만 사장님은 차분했다.

"해봄이가 주자마자 급히 가져가느라."

형이 말꼬리를 흐렸다.

"어쩌면 돈을 내지 않으려고 핑계 댄 것 같아요. 진상 손님들!"

해봄 누나가 밖으로 나간 손님을 노려보았다.

"며칠 전에 중요한 단체 손님이 왔을 때 느닷없이 바퀴벌레가 나왔어. 단골 떨어져 나가는 거 순식간이야! 요즘 왜 이렇게 실수를 많이 하지?"

웬만한 일에 화를 안 내고 웃어넘기는 사모님의 목소리가 점점 커졌다.

"가게에서 일한 지 석 달인데 처음으로 바퀴벌레를 봤어요."

민규 형이 고개를 갸웃거렸다.

사장님은 해충 방제 업체에 부탁해서 철저하게 소독을 한다고 했다.

"바퀴벌레는 손님 가방에서 나왔거나 식재료 배달 올 때 같이 온 것 같아요. 우리 파이팅 한번 하고 잘합시다!"

해봄 누나는 프로 알바답게 기운이 넘쳤다.

단체 손님들이 식사를 마치고 나갔다. 큰 고무 대야에 그릇을 담고 먹다 남은 음식을 따로 정리했다. 소주를 식탁에 부어 행주로 닦았지만 여전히 끈적거렸다. 누나는 베이킹 소다를 뿌려서 닦았다. 식탁이 금세 말끔해졌다. 청소하는 법까지 연구하는 알바생이라고 사모님이 칭찬했다.

"왜 이렇게 열심히 일해?"

누나 옆으로 가서 일하는 모습을 지켜보았다.

"바쁘지도 않고, 다른 가게보다 시급도 많으니까 뭔가 찾아서 하게 돼."

누나의 손은 상처가 많고 습진이 심했다. 이십 대 초반인데 누나한테서는 파릇파릇한 느낌이 없었다. 얼굴에 기미가 잔뜩 꼈고 옷도 낡아서 주방 아줌마와 자매라고 해도 믿을 정도였다.

"넌 언제 대학에 갈 거야? 난 내년에는 꼭 가려고 밤에 공부해."

누나는 퇴근할 때, 화장실에서 옷을 갈아입고 방향제를 뿌리고 독서실에 간다고 했다. 옷에서 생선 비린내가 난다고 옆 사람들이 독서실 총무한테 신고를 한 모양이다. 더 이야기를 나누려는데 어디에선가 호출 벨이 울렸다.

"네, 갑니다!"

누나와 내가 동시에 외쳤다.

사장님은 집에 일이 있다며 일찍 가게 문을 닫았다. 사장님이나 사모님 중 한 사람도 가게에 남을 수 없는 날에는 문을 닫는다고 했다. 직원들을 믿지 못하는 것 같지만 다르게 생각하면 책임감이 강하다는 의미였다. 일찍 끝나도 받는 돈은 똑같아서 직원들에게는 이득이었다.

가게를 나와서 버스를 타고 '제주 푸른 바다' 횟집으로 갔다. 몸에서 생선 비린내가 났지만 우리 가게도 횟집이라 눈치채지 못했다. 며칠 전부터 간판에 불이 나가 깜빡거렸는데 아직도 고치지 않아 가게 앞이 어두웠다. 횟집의 미래를 예언하는 것 같았다.

아빠는 계산대에 앉아서 한가하게 책을 읽었다. 제목이 인상적이었다. 『불황을 극복하는 열 가지 방법』. 책 속에 정답이 있다고 믿는 아빠는 장사를 책으로 배우고 있었다. 벽에는 명문대 경영자 과정 수료증이 자랑처럼 붙어 있고, 유명인들과 찍은 사진도 많았다. '회 뜨는 날' 김 사장님이 경영자 과정 교수로 나간다면 아빠 같은 학생은 무조건 낙제였다. 하지만 사장님은 중학교 중퇴라서 교수는커녕 대학교 입학도 어려웠다.

우리 횟집이 맛집 프로그램에 나온 사진이 눈에 들어왔다. 방송국 부장님이 아빠 대학 동창이라서 출연할 수 있었다. 촬영하는 날에는 가족, 친구, 지인 수십 명을 동원해 북적거렸고, 다들 맛있다고 엄지손가락을 추켜세우며 연기를 했다.

영문학과에서 시간 강사를 하고, 번역가로 활동하는 엄마는 구석에서 원서를 뒤적이며 번역을 하고 있었다. 직원들의 밀린 월급을 주려고 일감을 많이 얻어 왔다.

부모님은 몇 달 전부터 이야기도 나누지 않는다. 눈만 마주치면 장사를 왜 시작했냐고 엄마가 따졌다. 아빠도 질 생각이 없어서, 나 혼자 잘살려고 시작했냐? 다 가족을 위해서라고 반박했다. 여러 가지로 스트레스를 받던 아빠는 불면증에 시달려 수면제를 먹는다. 엄마는 우울증에 걸리기 직전이라고 한숨만 내쉬었다. 엄마 아빠는 부부 동반으로 정신과 상담을 받아야 할 것 같았다.

식당 곳곳에 똥파리가 쉴 새 없이 날아다녀 귀가 따가웠다. 알바생 누나는 하품을 할 뿐 잡지도 않았다. 주방장 형은 뒷문 옆에 쭈그리고 앉아 담배를 피웠다. 이런 상황을 두고 노답이라고 하나 보다.

주방에 들어가 냉장고 문을 열었다. 시커멓게 변한 미나리와 유통 기한이 지난 양념이 나뒹굴었다. 냉동실에는 성에가 잔뜩 껴 있었다. 한숨이 계속 나왔다. 사이다 한 병을 비워도 속이 꽉 막힌 기분이었다.

"친구가 알바 하는데, 사장님이 여행사를 찾아다니면서 영업하면 단체 손님이 많이 온대. 무엇보다 사장님이 친절하게 손님을 맞아야 가게가 잘된대."

"맛있으면 다 찾아오는 법이야. 쓸데없는 데 신경 쓰지 말고 공부나 해라."

아빠는 손에서 책을 내려놓지 않았다. 독서의 부작용을 보는 것 같다.

손님이 소주를 달라고 했다. 아빠는 알바 누나를 불렀고, 누나는 핸드폰을 만지작거리며 천천히 걸어갔다. 우리 가게의 경영 방

침은 천천히, 느긋함인가? 그사이에 손님이 직접 냉장고 문을 열고 술을 가져갔다.

"사장님, 회가 푸석푸석해요. 언제 잡았어요?"

여자 손님이 짜증 섞인 목소리로 쏘아붙였다.

"지금 갓 잡았죠."

아빠의 거짓말이 많이 늘었다.

장사가 안 되니 오전에 잡은 횟감을 냉장고에 보관했다가 밤에 팔고 있다. 김 사장님이 우리 가게를 보면 뭐라고 할까? 아마 하루라도 빨리 문을 닫으라고 말하지 않을까?

잠시 뒤, 식재료 배달 트럭이 가게 앞에 멈추었다. 머리를 짧게 잘라 군인 같은 형은 간장, 겨자 소스 등을 주방에 내려놓았다. 주방 아줌마가 폐식용유 통을 형에게 건넸다.

"점점 재료 주문이 줄어드네요. 시내에 있는 동해 횟집은 문 닫았어요. 덩달아 우리 재료상도 장사가 안 되네요."

나는 물건을 살펴보았다. 회 뜨는 날에서는 절대 쓰지 않는 싸구려 재료들이었다.

"시내에 있는 회 뜨는 날 횟집은 장사 잘되죠?"

"그 집은 최고야! 회가 신선하고 사장님도 친절하니까 손님이 몰리지. 박 사장님, 다음 주에는 꼭 외상값 결제해 주세요!"

형이 말했다. 아빠는 책에서 눈을 떼지 않고 헛기침만 했다.

평소보다 일찍 가게에 나갔다. 토요일이라 단체 손님 예약이 많았다.

"손님 오십 명이 한 시간 뒤에 올 거야. 서둘러서 준비해라."

사장님이 부산스럽게 움직였다. 가게에 활기가 돌았다. 해봄 누나는 식탁에 컵과 수저를 놓았고, 나는 소주와 맥주를 냉장고에 정리했다.

"소나기가 오려나? 어깨가 너무 쑤시네."

사장님이 음료수 상자를 들고 왔다.

"건강이 안 좋으세요?"

"이십 대 초반에 횟집에서 일할 때 여러 일을 겪어서 몸을 좀 다쳤어. 아차, 오늘 밤에 회식이니까 꼭 와라."

한 달에 한 번 고깃집에서 회식을 하는 모양이다.

그사이에 주방장 형들이 장화를 신고 수족관에 들어가 뜰채로 활어를 잡았다. 녀석들은 뜰채를 피해 정신없이 헤엄쳤다. 도망치려고 해도 탈출할 수 없고, 언젠가는 죽을 운명인데 녀석들은 모르고 있었다. 막내 형은 뜰채를 뒤집어 활어를 큰 도마에 내동댕이쳤다. 활어의 눈이 휘둥그레졌다. 고무망치로 파닥거리는 녀석들의 대가리를 후려쳐서 기절시켰다.

"횟집 주방장이 되려면 얼마나 배워야 해요?"

"공부 열심히 해서 공무원 돼라. 다른 사람들 놀 때 같이 노는 직업이 최고야. 우리는 다른 사람이 놀 때 가장 바쁘잖아."

형이 장갑을 벗어 손에 난 상처를 보여 줬다. 칼에 베어 꿰맨 자국도 보였다. 지하에 있는 식당에서 일하면 온종일 햇빛을 못 보고 산다고 덧붙였다.

"제주 푸른 바다 횟집 아세요? 가게는 엄청 큰데 손님은 거의 없더라고요."

형들의 눈치를 보며 물었다.

"우리 지역 주방장들 사이에서 블랙리스트 1위야. 오죽했으면 구린 바다라고 부르잖아."

"가족 같은 분위기라고 하는데 진짜 가족한테 하듯이 막말하고, 돈 적게 주고. 사장이 명문대 나왔다고 직원들 엄청 무시하잖아."

형들이 아빠를 욕하기 시작했다.

"가족이 아니라 가축 아니에요? 손님 없으면 알바생 일찍 퇴근시키고, 밥 먹을 때도 빨리 먹으라고 눈치 주고, 음료수 마셨다가 걸리니까 월급에서 뺐대요."

해봄 누나도 거들었다.

얼굴이 화끈거려서 더 이상 들을 수가 없었다. 우리 가게에서 일하는 알바생들이 왜 보름을 못 넘기고 관두는지 알 것 같다. 아빠는 그런 알바생들을 보며, 젊은 애들이 정신력이 약하고 끈기가 없다고 흉보기 일쑤였다.

갑자기 비가 시원하게 내렸다. 하늘에 구멍이 난 것 같았다. 사장님의 예언은 정확했다. 뉴스에서는 내일 새벽까지 비가 이어진다고 했다.

단체 손님이 들어와 횟집이 시끌벅적했다. 어죽과 열 가지 반찬을 식탁에 올려놓았다. 손님들은 걸신들린 사람처럼 더 달라고 아우성이었다. 주방에서는 회를 가져가라고 소리쳐 귀가 먹먹했다. 틈틈이 손님 사이를 누비며 접시를 치우고 술병을 건넸다.

회 접시를 양손에 들고 급하게 가다가 미끄러졌다. 사기 접시가 깨졌고, 땅에 떨어진 회는 더러워졌다.

"알바가 처음이라도 매번 실수하면 어쩌냐? 정신 좀 차리고 일해라."

사장님 얼굴을 똑바로 볼 수가 없었다.

"다른 가게였으면 횟값, 접시값을 다 물어내야 해. 접시도 이천 도자기 공방에서 직접 만든 거라서 비쌀 텐데."

해봄 누나가 회를 치웠다.

"여긴 일하기 좋은 곳이야?"

"사장님이 직원과 알바 배려를 하잖아. 중학생들한테 밤새도록 택배 상하차 알바를 시키고 어른의 반값만 주는 사람도 있어."

해봄 누나는 알바 관련 일에는 빠삭했다.

택배 상하차를 하다가 한 시간 만에 도망치는 사람이 많다는 이야기를 들은 적이 있었다. 그만큼 힘든 일을 중학생들한테 시키다니!

"심야에 청소년한테 일 시키면 불법 아니야?"

"순진한 거냐? 무식한 거냐? 세상이 법대로만 돌아가는 줄 아냐? 청소년은 돈이 필요하니까 어른 신분증으로 하는 거고, 사장은 돈을 적게 주고 일을 시킬 수 있어서 모른 척하는 거야."

누나가 나를 보며 혀를 찼다.

누나의 눈을 피했다. 내가 형의 신분증으로 일하는 것을 알고 있는 걸까? 논술 준비를 하느라 신문을 꼼꼼하게 보는데 세상에는 내가 모르는 일이 참 많았다. 알바를 하면서 세상 이면에 숨겨진 낯선 풍경을 염탐하는 것 같았다.

누나가 횟집에 대해서도 이야기를 들려 줬다. 단체 관광객이 많이 온다고 좋은 것도 아니었다. 1인당 삼만 원을 받으면 만 원은 여행사 몫이라서 손님들은 이만 원짜리 식사를 하는 셈이었다. 비행기, 숙식 포함해서 이십만 원짜리 여행 상품이 많은데, 여행사는 적자를 이런 식으로 메운다고 했다. 하지만 사장님은 좋은 재료로 음식을 만들어서 다른 식당보다 수익이 크지 않다고 했다. 단체 손님들의 만족도가 높아 여행사에서는 계속 이 가게를 찾았다.

"이 학생은 어쩜 이렇게 일을 잘해. 우리 딸하고 나이가 비슷한데 정말 기특해!"

어떤 아줌마가 해봄 누나에게 팁으로 만 원을 줬다. 누나의 얼굴에 미소가 번졌다. 어떻게 해야 팁을 받을 수 있을까? 누나한테 비법을 배워야겠다.

손님들이 노래를 부르고 춤을 추면서 분위기가 무르익고 있는데, 회장 아줌마가 사장님을 불렀다.

"김 사장님, 주방장 바뀌었어요? 초고추장 맛이 좀 이상해."

오이를 초고추장에 찍어 먹던 사장님도 고개를 갸웃거렸다.

"죄송해요. 알바생이 잘못 가져왔나 봐요."

사장님이 사과를 했다. 한쪽에서는 식사를 마친 손님들이 일어섰다.

"신발이 없어졌어요."

할머니 한 분이 사장님을 찾았다. 알바생들이 가게를 뒤졌지만 신발은 보이지 않았다. 신발장 근처에는 감시 카메라가 없어서 도둑을 잡을 수 없었다.

할머니는 며칠 전에 산 비싼 신발이라고 물어내라고 했다. 사장님은 십오만 원을 할머니한테 건넸다. 결국 오늘 장사는 손해였다.

식당에서는 예상치 못한 사건 사고가 끊이지 않았다. 누가 돈을 주며 장사를 하라고 해도 나는 거절할 거다.

"할머니가 거짓말하는 거 아닐까요?"

해봄 누나가 팔짱을 끼고 할머니를 노려보았다.

"손님을 믿어야지."

사모님이 허탈한 표정을 지었다.

가게를 정리하니 밤 열한 시였다. 다리에 힘이 풀리고 어깨가 결렸다. 드디어 하루가 끝났다. 아침 열 시부터 밤 열한 시까지 일하는 직원들을 보니 어른이 되고 싶던 마음이 사라졌다. 어른의 삶은 만만치 않은 것 같았다.

회식 장소는 사장님 지인이 하는 고깃집이었다. 한쪽에서는 삼겹살, 다른 쪽에서는 갈비를 구웠다. 고기 굽는 소리가 빗소리와 잘 어울렸다.

"도윤이는 알바가 처음인데 어때? 꿈이 뭐야?"

사장님이 내 소주잔에 술을 따라 주었다.

"장사가 꿈이에요. 장사를 잘하는 비결이 뭐죠?"

마침 주방장과 보조 형이 담배를 피우러 나가고 있었다.

"사장이 주방이 어떻게 돌아가는지 모르면 주방장한테 휘둘리고 필요 없는 식재료를 주문해도 속수무책이지. 갑자기 주방장이 관둬 버리면 음식을 제대로 못 해서 망할 확률도 높아."

사장님은 왜 가게가 망하는지 냉정하게 분석했다. 아빠가 귀담아들어야 하는 강의였다. 대기업에 다니다가 명예퇴직한 아빠는 라면도 못 끓인다.

사장님은 형편이 어려워 중학교를 중퇴하고 횟집, 갈빗집 등 많은 식당에서 일을 했단다. 손에는 데인 자국, 칼에 베어 꿰맨 상처도 있었다. 앞머리를 넘기자 이마에 흉터도 있었다.

"나쁜 사장한테 맞다가 벽에 심하게 부딪혔는데, 폭행당해도 고발도 못 하던 시절이었어."

사장님이 소주를 단숨에 비웠다.

해봄 누나가 내 술잔에 소주를 채웠다. 태어나서 처음 소주를 마셨다. 소주가 목구멍을 타고 내려가는 순간, 화끈거렸지만 뜨거운 기운이 싫지 않았다. 진짜 어른이 된 것 같았다. 자칫 말실수를 해서 염탐러인 게 들통날까 봐 술을 조금씩만 마셨다.

"억지로 마실 필요는 없어."

사장님이 사이다를 내 옆에 놓았다.

"해봄이가 있어서 믿음직스러워. 우리 가게 직원하지 않을래?"

사모님이 고기를 구웠다.

"말씀은 고마운데 낮에는 할 일이 있어요. 사장님, 전 이 알바가 너무 싫어요. 어쩔 수 없이, 돈을 벌어야 하니까 하는 거예요. 죄송해요."

누나의 발음이 정확하지 않았다.

혼자서 소주 한 병을 비운 누나가 바닥에 엎드렸다. 사모님이 얇은 이불을 얻어다가 덮어 줬다.

"무슨 사연이 있는지 어린애가 웬만한 아줌마들보다 일을 더 잘해서 보기 안쓰러워. 팁도 많이 받으려고 애쓰고."

아줌마가 혀를 찼다. 비가 추적추적 내렸고 밤이 깊어 갔다.

오전에도 단체 손님이 있어서 아침에 가게에 나왔다. 술을 마셔서 머리가 떵하고 얼굴도 푸석했다. 식재료 창고와 주방 바닥에 검은색 전선이 흐트러져 있었다.

"새벽에 전기가 고장 나서 급하게 고쳤어."

사장님이 빗자루로 바닥을 쓸었다. 나도 가게 청소를 시작했다.

"요즘 불시에 위생 점검, 원산지 확인하러 나온다니까 더 신경 써야 돼."

사모님이 직원들을 보며 말했다.

창고 정리를 끝낸 사장님이 트럭에 있는 물건을 내렸다. 새벽에 도매 시장에 가서 사 온 식재료들이었다. 사장님은 하루에 몇 시간 자는 걸까? 입시를 앞둔 수험생보다 더 부지런했다.

"좋은 고춧가루를 구했어. 매운탕 끓일 때 가장 중요한 고춧가루야."

사장님이 고춧가루를 꺼냈다.

며칠 전 지방에 내려가서 직접 사 온 것을 어제 방앗간에서 빻았다고 한다. 빛깔부터 냄새까지 좋은 품질이라고 아줌마와 주방장 형이 입을 모았다.

"어떤 고춧가루가 좋은 거예요?"

해봄 누나도 고춧가루 냄새를 맡았다. 좋은 고춧가루의 색깔, 냄새에 대해 이야기하는 사장님에게서 빛이 나는 것 같았다. 요리학 박사 학위를 받을 자격이 충분했다.

청소가 끝나자마자 단체 손님이 들어왔다. 회가 나가기 전 어죽을 가져간다. 해봄 누나는 몸에 좋은, 영양 만점 죽이라고 덧붙이며 손님들의 기분을 맞췄다. 나는 한술 더 떠서 다른 손님들에게 전복죽이라고 거짓말을 했다. 어차피 참기름에 볶아서 맛이 정확하지 않았다.

식사를 마친 손님들이 가게를 나갔다.

"우리 손주처럼 잘 챙겨 줘서 주는 거야. 맛있는 과자 사 먹어. 근데 전복죽 아닌데 거짓말은 하지 마."

할머니가 오천 원을 나에게 주었다. 얼굴이 화끈거리더니 귀까지 뜨거워졌다.

"박도윤! 빨리 정리하자!"

누나가 손짓했다.

그릇이 가득 들어 있는 대야를 들고 낑낑거리며 주방으로 가는데 사장님이 들어 줬다.

"도윤아, 어느 고등학교에 다녀?"

사장님이 웃었다. 더 이상 속일 수 없었다.

"어떻게 알았어요?"

목소리가 떨렸다. 염탐하러 왔다고 고백할 뻔했다.

"우리 아들도 고등학생이거든. 장사꾼은 무당보다 더 눈치가 빨라. 성실해 보이고, 무슨 사연이 있겠다 싶어서 같이 일하는 거야."

사장님도 청소년기에 나처럼 속여서 일한 적이 있다고 했다. 숙식을 제공했다며 월급을 안 준 악덕 주인도 많았고, 돈을 훔쳐 갔다고 경찰에 신고해 조사를 받은 적도 있단다.

"널 보면 어릴 때 했던 다짐들이 생각나. 장사가 잘되면 더 큰 가게를 차릴 거고, 한 달에 한 번씩 어르신들을 모셔서 식사 대접을 하고 싶어. 부끄럽지만 지금도 형편이 어려운 아이들한테는 장학금을 조금씩 주고 있는데 앞으로 금액을 늘려야지."

사장님의 눈빛이 빛났다.

쉰 살이 넘으면 꿈도 없는 줄 알았는데 사장님은 달랐다. 우리 아빠가 입버릇처럼 말하는 꿈이 떠올랐다. 돈을 많이 벌어서 건물을 사고, 월세를 받으며 노후를 편하게 사는 것이다. 아빠와 사장님은 나이가 비슷한데 생각이 완전히 달랐다.

일을 끝내고 잠시 쉬고 있는데 대학생처럼 보이는 남자 몇 명이 들어왔다. 덩치가 커 보였지만 말하는 걸 들어 보니 고등학생이 확실했다.

녀석들이 모듬회와 소주를 주문했다. 술을 마시고 미성년자임을 밝히며 술값을 내지 않으려는 것 같았다. 해봄 누나는 신분증 확인 없이 술을 가지러 갔다. 프로 알바도 이십 대라고 믿는 나이 들어 보이는 얼굴. 사장님에게 고등학생이 확실하다고 귀띔했다. 사장님이 신분증을 보여 달라고 했다. 녀석들은 주민등록증을 집에 두고 왔다며 스물한 살이라고 우겼다. 사장님이 경찰에 연락하겠다고 하자 녀석들이 쌍욕을 하며 가게를 나갔다.

"도윤이 아니었으면 영업 정지 당할 뻔했어."

사장님이 내 머리를 쓰다듬었다.

점심 식사를 마쳤다. 오후가 되자 햇빛이 너무 강해 유리창이 녹아내릴 것 같았다. 콜라를 마시며 밖을 보니 동해 바다 횟집 간판이 내려지고 그 자리에 삼겹살집 간판이 올라갔다. 십 년 넘게 자리 잡았던 횟집이 사라지는 순간이었다. 사장님은 팔짱을 끼고 싸늘한 얼굴로 그 모습을 바라보았다.

세 시가 가까워졌다. 다시 저녁 장사를 준비했다. 팔팔 끓은 물에 소독한, 뜨거운 수저를 알바생들은 장갑을 끼고 포장했다.

젊은 남자 손님이 들어오기에 나는 휴식 시간이라고 말했다.

"주방에서 일하는 김우진을 만나러 왔어요."

손님이 아니라 막내 형의 친구였다. 형은 사장님의 허락을 받고 친구와 차를 마시러 나갔다. 그런데 형의 친구가 나를 힐끔거렸다. 아무리 생각해도 처음 보는 사람이었다.

일을 끝냈다. 사장님이 저녁 장사를 하기 전에 잠깐 낮잠을 자라고 했다. 방에 들어가 누워 있는데 어디에선가 비명이 들렸다. 나도 모르게 깜박 잠이 들었나 보다. 정신을 차리고 소리가 나는 곳으로 달려갔다.

식재료 창고 바닥에 해봄 누나가 쓰러져 있었다. 무슨 일이 생겼는지 물어도 누나는 대답하지 않았다. 다리와 허리를 다쳐 일어날 수 없는 누나를 형들이 부축해 사장님 차에 태웠다. 누나가 눈물을 글썽거렸다.

"요즘 왜 이렇게 어수선하냐!"

사모님의 얼굴이 어두웠다. 편히 쉬는 분위기가 아니라서 다들 일을 서둘렀다.

잠시 뒤, 남자 몇 명이 가게로 들어왔다. 나는 뛰어가서 자리를 안내했다.

"원산지 허위 신고가 들어와서 확인하러 왔습니다."

특별 사법 경찰관이라는 남자들이 창고로 들어가 식재료를 조사했다. 그러더니 고춧가루가 중국산이라고 했다.

사모님이 고춧가루 색깔을 살피고 냄새를 맡더니 "누구 짓이야!" 하고 소리를 질렀다. 진짜 중국산인 모양이다. 누군가가 고춧가루를 바꿔치기한 것이었다. 고춧가루를 국산이라고 안내판에 적었기 때문에 법에 걸리나 보다. 다른 경찰관은 수족관의 낙지를 뜰채로 건졌다.

"낙지도 중국산이 확실해요. 신안 낙지라고 가짜로 적어서 과태료 처분을 받을 겁니다."

"그럴 리가 없어요! 분명히 신안 바다에서 잡은 낙지예요."

주방장 형이 따지듯이 말했지만 특별 사법 경찰관들은 대꾸도 하지 않았다. 뒤늦게 가게에 들어와 상황을 파악한 막내 형이 내 멱살을 잡았다.

"박도윤, 가게 망하게 하라고 아빠가 시켰어? 너 제주 구린 바다 횟집 아들이잖아. 갑자기 바퀴벌레가 보이고, 음식에서 똥파리가 나오고. 이상한 점이 너무 많아."

형이 손에 힘을 줘 숨을 쉴 수 없었다. 사모님이 그만하라고 하자 형이 핸드폰을 보여 줬다. 포털 사이트에 우리 횟집 매운탕에서 똥파리가 나온 사진이 올라와 있었다.

"아까 온 친구가 구린 바다 횟집에서 며칠 일한 적이 있는데, 널 보더니 사장 아들이라고 하더라. 모두 너희 아빠가 시킨 거지? 이 새끼를 당장 경찰에 신고하세요."

"전 절대 아니에요."

사실을 털어놓아야 할 때였다. 고등학생인데 우리 가게가 망하기 직전이라서 맛집 비법을 배우러 왔다고 말했지만 아무도 믿지 않았다. 사모님이 아빠와 통화를 했다. 부모님이 당장 오겠다고 했다. 형들은 내가 도망치지 못하도록 감시했다.

잠시 뒤, 주차장으로 차가 들어왔다. 사장님이었다. 원산지 조사 소식을 듣고 달려온 것이다. 치료를 받은 해봄 누나는 곧장 퇴근을 했다. 여러 가지 이야기를 들은 사장님이 계산대로 가서 노트북을 확인했다.

최근에 식재료가 계속 없어지고, 초고추장이 바뀌고, 바퀴벌레가 나오고, 신발도 감쪽같이 사라져서 오늘 아침에 가게 곳곳에 감시 카메라를 설치했던 것이다. 먼저 고춧가루가 왜 바뀌었는지 살펴보려고 식재료 창고 영상을 살펴보았다.

검은 봉지를 들고 창고에 들어간 해봄 누나가 고춧가루 통에 무엇인가를 넣고 급히 나오다가 미끄러지는 모습이 생생하게 찍혔다. 누나의 짓이었다.

"그러고 보니 해봄이가 온 뒤부터 이상한 일이 많았어요!"

민규 형이 기억을 더듬었다. 똥파리가 들어간 매운탕도 누나가 형에게 건넨 것이다.

내 멱살을 잡았던 막내 형이 미안하다고 사과를 했다. 나는 누나에게 연락을 했다. 전화를 받지 않아서, 창고에 카메라가 설치되어 있었다고 문자를 보냈다. 곧 이어서 답문이 왔다.

알바생을 병원에 데리고 간 사장님은 처음이야. 다들 짜증 내고 병원비 어쩌고 하면서 욕하기 일쑤였는데……. 그 순간 반성했는데 이미 늦었어.

사실 동해 바다 횟집 사장님의 부탁을 받고 일부러 그랬어. 부모님이 그 사장한테 빌린 돈이 많아 거절할 수 없었어. 지금 인터넷에 올린 똥파리 사진은 지웠어.

병원에 가면서 서럽게 울던 누나가 떠올랐다. 포털 사이트에 검색해 보니 똥파리 사진은 사라졌다. 사장님에게 문자를 보여 줬다.

"동해 바다 횟집 사장은 삼십 년 전에 내가 일한 가게의 주인이었어. 툭하면 때리고, 화상을 입어도 보상도 안 해 주고 내쫓았지. 난 반드시 성공하겠다 다짐하고 악착같이 일했어. 어쩌면 저 사장 덕분에 열심히 살았던 셈이야."

사장님이 티셔츠를 걷어 올렸다. 왼쪽 팔 전체에 흉측한 상처가 남아 있었다.

"당장 경찰에 신고하세요."

주방장 형이 눈을 부라렸다.

"다시는 더러운 짓 하지 말라고 경고는 해야지. 열심히 해서 장사를 더 잘하는 것이 복수와 마찬가지야."

사장님다운 해결 방법이었다.

잠시 뒤, 아빠와 엄마가 가게로 들어왔다. 부모님에게 자초지종을 설명했다. 이야기를 듣던 아빠의 눈동자가 붉어졌다.

"사장님이 써 주신다면 가게에서 알바로 일하면서 많이 배울게요."

아빠가 내 손을 꼭 잡았다. 사장님도 흔쾌히 아빠를 최고령 알바생으로 채용했다.

"해봄 누나는 어떻게 하실 건가요?"

"해봄이처럼 일 잘하고 열심히 사는 알바생한테 기회를 한번 줘야지. 그렇게 죗값을 치르게 할 생각이야."

사장님은 프로 사장다웠다.

"일단 저녁 장사를 시작하자!"

사장님이 소리쳤다.

아빠도 앞치마를 입고 주방으로 들어가 상추를 씻었다. 나도 방학 동안에 염탐러 알바를 계속할 생각이다.

웰컴,
그 빌라 403호

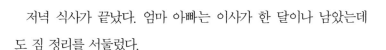

저녁 식사가 끝났다. 엄마 아빠는 이사가 한 달이나 남았는데도 짐 정리를 서둘렀다.

"아까워서 못 버리겠어."

아빠는 옷장을 대대손손 내려오는 가보처럼 조심스럽게 만졌다.

옷장에서 삐거덕 소리가 났다. 엄마도 십 년은 더 쓸 수 있다며 꼭 가져가자고 맞장구쳤다. 천생연분인 엄마 아빠 눈에는 어릴 때 내가 옷장에 한 낙서가 피카소의 추상화로 보이나 보다. 나한테 물려주겠다고 하지 않아서 다행이었다.

짐을 챙기는 부모님을 보니 이사를 간다는 게 실감 나며 집이 낯설었다. 방 두 개와 좁은 부엌이 있는 13평 남짓한 행복빌라 403호. 빌라 외벽에 붙어 있는 '행복빌라'의 '행' 자에서 모음 'ㅐ'가 태풍에 날아가 '항복빌라'로 이름이 바뀌었다.

어느덧 이 집에서 오 년을 살았다. 이사 올 때부터 방문에 붙어 있던 'victory'라고 적힌 앙증맞은 돼지 캐릭터 스티커가 눈에 들어왔다. 단어의 뜻이 좋고, 내가 돼지띠라서 떼지 않았는데 어느새 누렇게 변했다. 그동안 나는 고등학생이 되었다.

"집이 팔려야 이사 갈 아파트 전세 잔금을 낼 수 있는데, 찾아오는 사람이 없어. 안 팔리면 이사를 못 가는데."

겨울옷을 정리하던 엄마가 한숨을 내쉬었다.

동네에 있는 모든 부동산에 집을 내놓았고, 그사이 집 보러 온 사람은 스무 명이 넘었다. 하지만 다들 일 분 만에 나갔다. 어떤 아줌마는 삼십 초 만에 집의 문제점을 점쟁이처럼 조목조목 말했다. 부동산 아저씨도 말하길, 욕실을 고치고 옥상 방수 공사를 하려면 최소 천만 원 정도 든다. 그렇게 수리해도 집이 너무 낡아서 훗날 다시는 못 팔 수도 있다며 혀를 찼다. 그래서 엄마는 지난주에 도배를 새로 하고 계단 벽에 페인트도 칠해서 좋은 집처럼 꾸몄다. 집값도 칠천만 원으로 내렸지만 아무도 오지 않았다.

핸드폰이 울렸다. 엄마가 장갑을 벗고 통화를 했다.

"스마일 부동산에서 지금 온대. 빨리 정리해라!"

엄마 말이 끝나기도 전에 아빠는 구석구석 방향제를 뿌렸다.

"밤 아홉 시에 집을 보러 와? 진짜 예의가 없네. 아들이 행운고에 다닌다고 절대로 말하지 마. 개인 정보 유출 금지."

교복을 옷장에 숨겨 놓고 도망치듯 밖으로 나왔다.

집 보러 온 사람들은 사건 현장을 조사하는 경찰처럼 집 안 곳곳을 둘러봐서 같이 있으면 불편하다. 곰팡이가 폈는지 살펴보다가 옷장 바닥에 숨겨 놓은 야동 USB를 주워서 엄마한테 준 적도 있다. 중학교 동창 여자아이가 엄마랑 왔다가 베란다 건조대에 널어놓은, 늘어난 내 팬티를 본 적도 있다. 그 뒤로 부동산에서 온다고 하면 무조건 피한다.

빌라 옆 놀이터에서 핸드폰으로 음악을 들었다. 후텁지근한 낮의 열기가 식어 서늘했다. 문자가 왔다. 선배가 응원 율동을 연습하고 있는지 물었다. 고등학교 입학 후, 첫 중간고사를 준비하느라 며칠 동안 네 시간만 잤다. 시험이 끝나면 푹 쉬고 싶었다. 하지만 키가 크다는 이유로 일주일 뒤 열리는 체육 대회에 응원단으로 뽑혔고 방과 후 연습을 빙자한 훈련을 받고 있다.

나에게 박치라고 윽박지르던 응원 단장 형의 매서운 눈빛이 떠올라 동영상을 보며 발을 맞춰 보았다. 아직도 발동작이 맞지 않았다. 시험 준비보다 응원 연습이 훨씬 어려웠다.

잠시 쉬고 있는데, 부동산 아줌마가 어떤 할머니, 아저씨와 함께 빌라로 들어갔다. 다시 율동을 연습했다. 노래 세 곡이 끝났지만 부동산 아줌마가 밖으로 나오지 않았다. 이런 경우는 처음이었다.

조금 더 지나서 사람들이 나왔고, 나는 부리나케 집으로 뛰어왔다.

"한루오! 집 팔릴 것 같아! 내일 오후에 다시 와서 한 번 더 보고 결정하겠대."

엄마가 소리를 질렀다. 내가 중간고사에서 전교 1등을 해도 엄마는 이렇게 크게 소리치지 않을 것이다.

"팔리면 다행인데 괜히 미안하네. 할머니가 눈이 안 좋아서 집볼 줄 모르나 봐."

나는 혼잣말처럼 중얼거렸다.

손자와 반지하에 사는 할머니는 우리 집에 창문이 많아서 바람이 잘 통하고 햇볕이 잘 든다며 좋다고 했단다. 이 집을 사면 이사를 다니지 않아도 돼 더 이득이라서 은행에 대출까지 받아서 살 모양이다. 할머니의 마음을 충분히 헤아릴 수 있었다. 403호로 이사 오기 전 우리 가족도 장마철마다 비가 들이치고, 겨울에는 곰팡이가 피는 반지하에 살았으니까.

"집 문제를 다 말했고 수리 비용으로 삼백만 원을 깎아 주기로 했어. 손자가 행운고 1학년인데 공부를 잘한다고 하더라. 이름이

승리라던가?"

아빠가 기억을 더듬었다.

"이승리? 잘됐네! 그놈은 안 좋은 집을 사서 평생 고생해야 돼. 삼백만 원도 절대로 깎아 주지 마."

승리의 얼굴이 떠올랐다. 머리가 뜨거워지고 심장이 빠르게 뛰었다. 냉장고에서 물을 꺼내 단숨에 마셨지만 열이 가라앉지 않았다. 지난해에 얼핏 듣기로는 부모님이 의사, 교수라고 했던 것 같은데 왜 이런 집으로 이사를 오려는 걸까? 심지어 반지하에 살고 있다고?

행복빌라 403호에 살다 보니 안타깝게도 집 보는 안목을 가진 청소년이 되었다. 옥상 아랫집은 무조건 피해야 한다. 한여름에는 뜨거운 햇볕을 받아 불판처럼 달궈진 옥상의 열이 집까지 내려와 오후가 되면 찜질방처럼 변한다. 보일러가 자동으로 작동하는 줄 알았다. 놀랍게도 에어컨 없이 견뎠다. 스스로 내 자신을 칭찬하고 싶다.

겨울에도 살기 힘든 것은 마찬가지였다. 옥상이 늘 얼어 있어서 냉기가 집으로 들어왔고, 천장에 곰팡이가 피었다. 뿐만 아니라 욕실 벽에 얇게 얼음이 얼어서 샤워할 때 시베리아 벌판에 서 있는 기분이었다. 냉동실보다 더 추운 곳이 바로 우리 집 욕실이다. 영하 12도 이하로 떨어지면 수도관이 얼어서 세수도 못 하고 학교에 간 적도 있다.

이 집에서는 비도 두려운 존재였다. 장마철에 폭우가 쏟아지면 옥상과 벽으로 스며든 물이 부엌 바닥까지 들어와 미끄러진 적도 있다. 비용 때문에 방수 공사를 미루다 보니 떠날 때가 되었다.

우리 가족은 여름과 겨울을 '고난의 행군 시기'라고 불렀다. 군 생활도 이보다 편하다고 아빠가 우스갯소리를 했다. 부모님은 이 집을 괜찮은 집이라고 속여서 판 예전 주인을 사기죄로 고소하려다 참았다.

친구들이 놀러 오고 싶다고 해도 이런저런 핑계를 대며 절대로 부르지 않았다. 친구들이 사는 넓은 아파트에 비하면 우리 집은 쓰러져 가는 창고나 마찬가지였다. 이런 집을 이승리네가 샀다. 미안한 마음은 사라지고 콧노래가 나왔다. 제대로 복수한 셈이다.

교실에 들어가서 이승리를 지켜보았다. 체육 대회 준비로 들뜬 분위기에서도 녀석은 책상에 문제집을 펴 놓고 공부하고 있었다. 저렇게 성적에 집착하는 놈이라서 지난해 그런 짓을 저질렀던 것이다. 그때가 생각나 숨이 거칠어졌다. 녀석의 얼굴을 후려치고, 검은색 뿔테 안경을 부러트리고 싶다.

지난해, 1학기 중간고사를 보기 전 어느 날이었다. 수업이 끝나 청소를 하러 영어 회화실로 가서 문을 열었다. 그 순간 모자를 푹 눌러쓴 녀석이 밖으로 뛰어나왔다. 갑작스러워 얼굴을 확실하게 보지 못했지만 이승리 같았다. 대수롭지 않게 생각하며 교실로 들어가 창문을 열었다. 이어서 다른 녀석들이 들어와 빗자루로 바닥을 쓸었다.

물걸레를 가지러 화장실에 다녀오니 영어 선생님이 책상 서랍을 정리하고 있었다.

"청소하러 누가 가장 먼저 왔어?"

선생님이 눈을 부릅뜨며 소리쳤다.

심상치 않았다. 아이들이 나를 바라보았다. 손을 들었더니 선생님은 나만 남고 모두 돌아가라고 했다. 아이들이 빗자루를 바닥에 내려놓고 교실을 나가며 문을 닫았다.

"서랍에 중간고사 시험지를 넣어 두었는데, 급한 전화가 와서 잠깐 교무실에 간 사이에 사라졌어! 지금 내놓으면 조용히 덮을 거야! 빨리 줘!"

영어가 가까이 다가왔다.

"저, 저는 절대로 안 가져갔어요. 진짜예요."

"견물생심이니까 다 이해해! 성적에 욕심낼 수 있어. 하지만 이 사실을 학교에 알리면 넌 징계 받을 테고, 가정 형편이 안 좋아서 받는 여러 가지 지원도 끊길 거야. 엄마가 편찮으시고, 아버지는 막노동하신다며?"

영어는 장학금 담당 교사라서 우리 집 형편을 잘 알고 있었다. 나는 3월에 동문회 장학금을 받았다.

"진짜로 전 아니에요."

"넌 영원히 아웃이야! 그냥 덮을 테니 쭉 그렇게 살아라! 쓰레기 같은 새끼."

영어가 뺨을 세게 때렸다.

예상치 못한 상황에 몸이 휘청거려서 쓰러질 뻔했지만 다행히 중심을 잡았다. 눈가가 뜨거웠지만 울지 않으려고 눈에 힘을 줬다.

"절대 안 가져갔어요! 제가 가져갔다는 증거 있어요?"

"닥쳐! 어차피 그 시험지는 이제 필요 없어. 영어 교사 세 명이 문제를 나누어서 출제하는데, 훔쳐 간 시험지에는 아홉 문제만 적혀 있으니 다시 출제하면 돼. 당장 꺼져!"

영어가 소리를 질렀다.

밖으로 나와 바닥에 주저앉았다. 다리가 후들거려 서 있을 수 없었다. 이승리 짓이었다. 교실로 뛰어가서 이승리를 화장실로 불러냈다. 핸드폰 녹음 기능을 누른 상태였다.

"영어 회화실에서 중간고사 시험지 훔쳐 갔어?"

"어차피 백 점 맞을 텐데 시험지를 왜 훔쳐. 말이 되냐? 못 믿겠으면 경찰에 신고해. 당당하게 조사 받을 테니까."

녀석의 얼굴을 주먹으로 후려쳤다. 이승리는 터진 입술을 손등으로 닦고 나갔다. 녀석이 시험지를 훔쳤다고 신고해도 아무도 믿지 않을 것이다. 증거가 없고, 무엇보다 이승리는 성적이 전교 5위권 이내였다. 영어 경시대회에도 나갈 만큼 실력이 뛰어난데 중간고사 시험지를 훔칠 이유가 없었다.

집에 알리고 싶었지만 부모님이 걱정하실 것 같아 입을 다물었다. 대신 성적을 높이겠다고 이를 악물었다. 다음부터 집안 형편을 함부로 털어놓지 않겠다고도 다짐했다. 뺨을 맞은 것보다, 영어 시험지를 훔쳤다는 누명보다, 영어가 야비하게 웃으며 내뱉은 폭언이 기억에서 지워지지 않았다.

이승리와의 악연은 계속되어 고등학교도 같은 곳으로 배정 받았고, 운 나쁘게 반도 같았다. 영어는 옆 학교로 옮겼다. 영어까지 이 학교로 왔다면 최악의 조합이었을 텐데.

1교시가 끝났다. 화장실에 가면서 정보황한테 이승리의 집안 형편을 물었다. 녀석은 모르는 소식이 없어서 별명이 정보통, 움직이는 검색창이었다.

"어머니는 교통사고로 돌아가시고, 아버지는 병원에 입원해서 할머니랑 반지하에 살아. 비 오는 날 집에 놀러 가면 할머니가 맛있는 파전을 만들어 준대."

녀석이 침을 삼켰다.

이승리는 공부를 잘해 자신감이 넘쳐서 어려운 형편을 당당하게 말하고 다니나 보다. 나는 영어의 폭언을 들은 이후로 부모님 직업, 사는 곳을 거짓으로 말하는 버릇이 생겼다.

마침 이승리가 지나갔다.

"너희 할머니가 파전, 김치부침개 잘한다며? 나도 먹으러 가도 돼?"

정보통이 이승리와 어깨동무를 했다.

"곧 빌라 4층으로 이사 갈 거야. 그때 초대할게."

녀석이 어깨를 으쓱거렸다.

그 낡은 집에 친구들을 부르는 근거 없는 자신감에 박수를 보내고 싶었다. 문제 많은 우리 집을 산다고 하니 시험지 사건이 조금 흐릿해졌다.

"우리도 좋은 아파트 분양 받아서 이사 가니까 놀러 와라!"

목소리가 너무 커서 복도에 울렸다.

사실은 요즘 아파트 전셋값이 많이 떨어져서 넓은 아파트에 전세로 들어간다. 이승리가 피식 웃으며 지나갔다. 웃음의 의미가 무엇인지 따지려다 참았다. 여름과 겨울에 403호에서 고생할 녀석이 안쓰러웠다.

"웬일로 집에 초대를 하냐?"

"아빠가 공부할 때는 조용히 해야 하니까 못 불렀지."

"아빠가 연구원이야? 경제 연구원?"

녀석은 정보통답게 꼬치꼬치 캐물었다.

화장실에 다녀오고 다시 교실로 들어왔다. 이승리의 자리가 비었다. 조퇴를 자주 해서 아이들은 녀석이 없어도 관심을 보이지 않았다. 큰병에 걸렸다는 둥, 부모님이 위독하다는 둥 여러 가지 소문이 돌았지만 녀석은 명확하게 대답하지 않았다.

"고급 정보가 있어. 작년 영어 선생 기억나지? 갑자기 학교를 관뒀대."

정보통은 정말 모르는 소식이 없었다.

영어가 학교를 관두고 치킨집을 열든, 치킨 배달을 하든 관심 없다. 무조건 폭삭 망하기만을 바랄 뿐이다.

선배들한테 배가 부르도록 욕먹으며 응원 연습을 하고 집으로 돌아왔다. 몇 시간 동안 긴장한 채 율동을 했더니 땀이 비 오듯 흘러 몸에서 소금 냄새가 나는 것 같았다. 살 빼고 싶은 사람이 있다면 응원단 활동을 강력 추천하고 싶다. 나는 어쩌다가 응원단의 욕받이가 됐을까.

오후에 이승리가 할머니, 삼촌과 와서 집을 구경하고 부동산에 가서 매매 계약을 했단다. 반지하에서 살면서 집 보는 안목을 키우지 못한 이승리. 공부만 잘하고 세상 돌아가는 물정은 모르는 현실 무식자였다. 엄마는 이승리가 싹싹하고, 할머니를 잘 챙긴다며 끝없이 칭찬했다.

"승리가 잘못된 일을 보면 참지 못한다고 삼촌이 말하더라. 딱 봐도 모범생이잖아. 그런데 그 녀석 낯이 익어."

아빠가 기억을 더듬는 것 같았다.

나이가 들면 판단력이 흐려져서 사람의 이중적인 모습을 빨리 파악하지 못하나 보다.

책상을 이승리가 쓰기로 했다고 엄마가 말했다. 어차피 새로 사려고 했고, 버리려면 이만 원은 내야 하는데 돈 버는 셈이라고 기뻐했다.

"이승리는 성적의 노예야. 진실을 알면 충격 받을 텐데. 그런 놈한테 책상 주기 싫어서 박살 내 버릴 거야."

부모님은 내가 성적 때문에 녀석을 질투한다고 생각하는 눈치였다. 책상에 평생 불행해지는 주문을 가득 적어 놓아야겠다.

엄마가 매매 계약서를 보여 주었다. 403호를 떠난다는 것이 진짜 실감 났다.

방문에 붙어 있는 유행 지난 스티커를 보니 이 집으로 이사 올 때가 떠올랐다. 집을 옮기기 직전 엄마는 식도암 수술을 받았다. 보험금으로 병원비를 내고도 조금 남았고 그 돈이 이 집을 사는데 보탬이 됐다. 다행히도 엄마는 건강을 회복해 다시 마트에서 일한다.

이 집에 사는 동안 다행히 힘든 적은 없었다. 공사장에서 일하는 아빠도 다치지 않고, 꾸준히 일감이 들어와 요즘은 돈 걱정을 안 하게 됐다. 골목 입구에 있는 고깃집에서 가끔 소고기로 외식을 할 때, 이 세상 그 누구도 부럽지 않았다. 나 또한 일 년 사이에 성적이 꾸준하게 올랐다. 물론 안 좋은 때도 있었다. 영어한테 따귀를 맞은 직후 학교를 그만두고 싶었다. 여러 가지 이유로 영어는 절대로 용서할 수 없다.

샤워를 하고 침대에 누워 만화책을 읽었다. 시원한 바람이 불어왔고 지는 햇살도 따스해 잠이 쏟아졌다. 봄가을에 이 방에서 낮잠을 자고 일어나면 피로가 풀리고 걱정이 싹 사라졌다. 봄가을이 좋아서 여름과 겨울, 고난의 행군 시기를 견딜 수 있었다. 내가 가장 좋아했던 공간을 이제 이승리가 차지하게 됐다. 올해부터는 일 년 내내 폭염과 한파가 몰아치면 좋겠다.

2교시 수학 시간, 담임이 성적표를 나눠 주었다. 여기저기에서 비명이 들려왔다. 마른침을 삼키며 차례를 기다렸다. 수학, 영어단과 학원만 다녀서 자신이 없었고, 첫 시험이라 아이들의 수준을 알 수 없었다.

성적표를 받았다. 놀랍게도 모든 과목의 석차가 높아서 다시 살펴보았다. 태어나서 가장 좋은 성적을 받았다. 나를 자극한 영어와 이승리 덕분이었다. 녀석의 표정이 밝았다. 1등을 한 것 같았다. 기말고사 목표는 녀석을 이기는 것으로 정했다.

수업이 끝나 급식실로 내려가고 있었다. 정보통이 아이들의 성적을 조사해서 귀띔해 줬다. 결과를 들어 보니 나는 2등이었고, 이승리는 9등이었다. 조퇴를 자주 한 탓일까.

정보통이 내가 몇 등을 했는지 시끄럽게 떠들어 댔지만 말리지 않았다. 녀석의 큰 목소리가 처음으로 반가웠다.

"축하해! 성적이 올랐네."

가방을 멘 이승리가 다가왔다.

"고마워. 운이 좋았지!"

녀석과 일 년 만에 이야기를 나눈 셈이다. 녀석은 점심도 먹지 않고 교문으로 향했다. 또 조퇴를 했다.

"교무실에서 들었는데 승리가 경찰서에서 조사 받는대."

정보통도 무슨 일인지는 알지 못했다.

점심 메뉴는 불고기였다. 신문 편집부에서 활동하는 녀석이 이번 달 신문을 식탁마다 두고 갔다. 신문을 펼쳐서 1면 공지 사항을 훑어보았다. 퀴즈 정답자 명단에 내 이름이 있었다. 오천 원짜리 편의점 상품권을 받게 되었다. 그 옆에 가족 자랑 수필 쓰기 대회 수상 작품이 실려 있었다. 부모님 직업과 사는 곳을 밝혀야 해서 나는 응모하지 않았다.

최우수상은 이승리였다. 부상은 문화상품권 다섯 장. 얼마나 잘 썼는지 궁금해 읽어 보았다.

제목은 '행복한 그 집으로'였다. 제목부터 촌스럽고 식상했다. 초등학생 때 살던 좁은 집에서 온 가족이 얼마나 행복했는지 자랑을 늘어놓았다. 비 오는 날 해물파전 먹은 이야기가 또 나왔다. 온 가족이 파전 중독인가 보다. 넓은 집으로 이사한 뒤부터 가정의 평화가 깨졌다고 털어놓았다. 엄마가 교통사고로 세상을 떠났다. 아빠는 안 좋은 일로 회사를 그만두었고, 그 일로 인해 우울해져 급기야 알코올 중독에 빠졌단다. 한숨, 눈물 없이는 읽기 어려운 글이었다. 상황이 안쓰러워서 상을 준 것 같았다.

형편이 어려워져서 반지하로 옮긴 이승리. 햇볕과 바람이 안 들어와 마음이 가라앉고, 겨울에는 곰팡이도 많이 피어서 햇살이 잘 들어오는 집으로 옮기고 싶다는 소박한 바람이 있었다. 한동안 집안 형편 말하기가 부끄러워서 부모님 직업을 의사, 교수라고 둘러 댔다고 고백했다. 자신처럼 형편을 속이는 친구를 보게 되었는데, 그 모습이 너무 초라해 그때부터 사실대로 털어놓기 시작했단다. 그 부분을 읽다가 수저를 식탁에 내려놓았다.

작년에 친구들과 집에 가는데, 학교 앞 도로에 벽돌 까는 작업을 하는 아빠를 본 적이 있었다. 아빠와 마주치지 않으려고 고개를 푹 숙이고 빨리 걸었다. 아빠는 한 달 동안 동네 곳곳에서 그 일을 했다. 나는 가방에 모자를 넣고 다녔다.

수업이 끝나 체육관 쪽으로 걸어갔다. 응원단 연습, 아니 훈련받을 시간이었다. 얼른 체육 대회가 끝났으면 좋겠다.

"한루오! 빨리 뛰어와!"

선배의 매서운 눈을 보니 가슴이 탁 막혔다.

체육관 안에 청룡팀 응원단 스무 명이 모두 모였다. 선배들은 핸드폰을 모두 압수했다. 훈련 모습을 동영상으로 찍거나 누군가에게 연락할까 봐 미리 막았다. 덩치 큰 선배들이 큐로 바닥을 치면서 공포 분위기를 만들었다. 체육관에 쿵쿵 소리가 울려 퍼졌다. 음악에 맞춰 기수가 깃발을 흔들었다. 기수는 키가 185센티미터 이상인 녀석들이 맡았다. 며칠 동안 깃발을 들고 훈련을 받느라 팔이 아파서 수저를 들 힘도 없다고 했다.

경쾌한 음악에 맞춰 율동을 시작했다. 일주일째 같은 음악을 들었다. 음악에 맞춰 벌받고 욕을 먹어서 훗날 저 음악을 들으면 경기를 일으킬 것 같다.

"이 새끼야! 머리는 장식품이냐? 며칠째 같은 동작을 틀려?"

머리를 삭발하듯 짧게 자른 선배가 손바닥으로 머리를 후려갈겼다. 눈앞이 번쩍하더니 통증이 퍼져 나갔다.

여자 선배가 핸드폰으로 찍은 훈련 동영상을 보여 줬다. 다들 절도 있게 잘하는데, 나 혼자 박자를 놓치기 일쑤였다. 왼손을 들어야 할 때 오른손을 들어 응원을 망치고 있었다.

"응원단에서 빠지면 안 될까요?"

"지금 반항하냐? 이 새끼야, 따라와!"

단장 선배가 귀를 잡아당겼다.

으슥한 쓰레기장으로 끌려갔다. 선배가 멱살을 세게 잡아 숨을 쉴 수 없었다. 다른 선배가 뺨을 후려갈겼다. 태어나서 두 번째로 맞는 뺨이었다. 선배들이 발길질을 하려고 할 때, 호루라기 소리가 들렸다.

"지금 뭐 하는 거야?"

체육 선생님이었다.

선배들이 순식간에 도망쳤다. 몸에 힘이 빠져서 서 있을 수 없었다.

"맞았어? 때린 사람 누구야?"

선생님이 다가왔다.

"맞지 않았습니다. 괜찮습니다."

사실대로 말하고 싶지만 그랬다가는 뒷감당을 할 수 없었다. 수돗가에서 물을 마시는데 정보통이 내 가방을 들고 다가왔다.

"왜 훈련 안 받아?"

녀석한테 방금 전 있었던 일을 털어놓았다.

"승리가 체육한테 고발했나 보네. 너한테 할 말 있다고 해서 체육관에 가 보라고 했더니 그쪽으로 뛰어가더라. 뭔가 좋은 소식을 알리고 싶어 하는 눈치였어."

운동장, 교문 근처 어디에도 이승리는 없었다. 마침 핸드폰 문자가 왔다. 응원단 단장 선배였다.

> 체육이 응원을 강제로 시키지 말라고 한다. 넌 빠져라. 싫다는 놈
> 이랑 하다가 일이 커질 것 같아. 고생했고 오늘 일은 미안해.

문자를 보며 환호를 질렀다. 이승리에게 연락하고 싶었지만 번

호가 저장되어 있지 않아 정보통에게 물어봤다. 핸드폰 문자 창에 고맙다고 입력했지만 발송 버튼을 누를 수 없었다. 녀석이 왜 갑자기 나한테 잘하는 걸까?

부모님은 옥상에 돗자리를 폈다. 그 옆에 불판을 놓고 삼겹살을 구웠다. 성적도 올랐고 집도 팔려서 축하할 일이 많았다. 응원단도 관두게 돼 정말 기분 좋았고, 미세먼지도 없어서 밖에서 밥 먹기 좋은 날이었다.

행복빌라 옥상에서 먹는 마지막 고기였다. 이사 갈 아파트는 옥상이 없어서 이런 추억을 만들 수 없다. 아빠가 맥주를 내 잔에 조금 따라 줬다. 한 모금 마셨더니 금세 얼굴이 뜨거워지고 정신이 몽롱해졌다. 엄마 아빠는 나를 보며 웃었다. 이사 간 집에서도 행복이 계속되면 좋겠다.

"루오는 좋겠네. 당당하게 아빠랑 술도 마시고."

빨래를 걷으러 온 옆집 아줌마도 같이 앉아서 삼겹살을 먹었다. 오랜만에 시끌벅적한 분위기를 즐기고 있는데 핸드폰이 시끄럽게 울렸다. 정보통이 메시지를 여러 차례 보냈다.

교무실에서 들었는데 중3 때 영어 선생이 학교 잘리고, 오늘 감방에 들어갔대.

젓가락을 내려놓고 콜라를 마시며 정신을 차렸다. 또 메시지가 왔다. 녀석이 신문 기사를 읽을 수 있도록 인터넷 주소를 알려 줬다.

기사를 보니 A교사는 영어 경시대회 답안지를 조작해 금품을 준 학부모의 자녀가 1등이 되도록 했고, 몰래 과외를 해서 거액을 챙겼다고 한다. 그 학생들에게 시험 문제를 유출한 혐의도 받았다. 지난해 수업을 들었던 B학생이 제출한 증거가 사건 해결의 중요한 열쇠였다. 교육청과 경찰은 학교 창고에 보관된 오 년 동안의 답안지를 모두 전수 조사해서 답안지가 바뀐 것을 발견했다. 감독관 도장이 다르게 찍혀 있었던 것이다.

제보한 학생이 누군지 알 것 같았다. 어른들이 술을 마시는 동안 나는 집으로 내려와 인터넷 기사를 검색했다.

지역 언론사 기자가 사건을 파헤친 학생과 이메일로 진행한 인터뷰 기사가 올라왔다. 기자가 묻고 승리가 답하는 형식이었다.

"교사의 비리를 파헤친 계기가 무엇이죠?"

"중학교 2학년 때 영어 경시대회에 나갔고 채점 결과 만점이었어요. 영어 학원 강사였던 어머니한테 어릴 때부터 영어를 배워서 잘하는 편이에요. 그런데 저는 수상자 명단에 없고 다른 학생이 1등을 했어요. 답안지를 확인했는데 두 문제의 답을 잘못 표시했더라고요. 누군가 조작했다고 의심했지만 증거가 없었고, 학교에 알리고 싶었지만 집안에 안 좋은 일이 많아 마음의 여유가 없었어요."

"증거를 어떻게 확보했어요?"

"지난해 영어 경시대회 직후 친한 어른에게 교무실로 전화를 해서 영어 선생님을 다급하게 찾아 달라고 부탁했습니다. 그 사이에 저는 선생님 책상 서랍에 들어 있는 답안지 삼십 장을 핸드폰 카메라로 찍었고요. 잘못된 일인 줄 알지만 어쩔 수 없었어요. 시험 결과를 보니 다섯 문제나 틀린 학생이 1등을 했는데, 답안지를 조작해 만점으로 만들었어요. 저는 또 두 문제나 틀린 것으로 답안지에 표시가 되어 있었죠."

"왜 작년에 바로 고발하지 않았죠?"

"아빠가 회사의 비리를 고발했다가 관두게 됐고, 그것 때문에 검찰 조사를 받으면서 집안이 쑥대밭이 됐어요. 매일 조사를 받고 재판 준비를 하느라 우울증이 생긴 아빠는 정신과 치료도 받았고요. 회사 동료들도 아빠 편이 되어 주지 않아서, 진실을 밝히는 일이 쉽지 않다는 것을 알았습니다."

"마음을 바꿔서 고발하게 된 계기는 무엇인가요?"

"비리를 저지른 사장과 임원들이 승승장구한다는 소식이 들려왔습니다. 반대로 아빠의 삶은 처참해졌어요. 그리고 지난해 영어 경시대회 1등한 녀석이 그 경력으로 좋은 고등학교에 입학했어요. 여러 가지 결과를 보고 마음을 독하게 먹었습니다."

문장에서 녀석의 어른스러운 말투가 전해졌다.

"마지막으로 전하고 싶은 말이 있나요?"

"인터뷰 제안을 받고 망설였는데 친구한테 전할 말이 있어서 응했습니다. 몰래 사진을 찍고 영어 회화실을 나올 때 우연히 마주친 친구가 저 때문에 영어 선생님한테 오해를 받았습니다. 서랍에서 답안지를 급하게 찾다 보니 정리가 안 됐는데, 선생님은 누군가 중간고사 시험지를 훔쳐 간 것으로 착각한 모양입니다. 중간고사 문제도 유출한 상황이라 모든 일에 엄청 예민했던 것 같아요. 오해 받은 친구에게 이 자리를 빌려 사과하려고 합니다."

그날의 일들이 하나둘씩 또렷하게 떠올랐다. 승리한테 응원 문자를 보내려고 했지만 또 발송 버튼을 누르지 못했다. 마침 엄마가 방에 들어왔다.

"승리네가 이 집을 사지 않으면 어떻게 돼?"

"우리한테 준 계약금을 못 돌려받아. 그것보다 우리가 이사 갈 집에 잔금을 못 줘서 엄청 손해지."

머리가 복잡해서 한숨만 나왔다.

어젯밤부터 내린 비는 그치지 않았다. 창문을 두드리는 빗소리가 자장가 같았다. 학교에 가지 않는 날이라 이불을 뒤집어썼다.

응원단을 계속했다면 오늘도 얻어터졌을 텐데. 승리 덕분이었다.

늦잠을 자고 일어나 보니 열 시였다. 엄마는 부엌 바닥에 쭈그려 앉아 쪽파를 다듬었다. 매운 냄새가 훅 풍겼다. 식빵을 뜯어 먹으며 한가한 토요일의 여유를 만끽하고 있었다. 누군가 현관문을 두드렸다. 엄마가 다듬은 쪽파를 급히 냉장고에 넣고 방향제를 뿌렸다.

"승리네가 집수리 비용이 얼마나 나올지 견적 내러 왔을 거야."

엄마가 문을 열었다.

황급히 방으로 들어가려는데 승리와 눈이 마주쳤다. 녀석은 전혀 놀라지 않고 자연스럽게 손을 흔들었다. 할머니, 삼촌도 같이 왔다. 어른들은 옥상으로 올라갔다. 비 오는 날이라 누수 지점을 찾기 쉬워서 불쑥 왔다고 했다.

"행복빌라 403호에 살고 있는 거 지난해부터 알고 있었어."

녀석은 내가 먹다 남긴 식빵을 먹었다. 집주인 같았다.

시험지 사건 이후 사과하려고 애들한테 우리 집 위치를 물었지만 아는 녀석이 없어서 선생님한테 물어서 왔다고 했다. 하지만 용기가 없어 나를 만나지 못했다고 털어놓았다.

"이 집에 사는 걸 알고 엄청 놀랐어. 저 스티커 내가 붙인 거야."

녀석이 방문에 붙은 스티커를 손가락으로 가리켰다. victory, 승리라는 뜻이었고 우리는 돼지띠였다.

"예전에 살던 사람이 바로 너야?"

마시던 우유를 식탁에 내려놓았다. 학교 신문에서 읽었던 수필이 떠올랐다.

"이 집을 팔고 좋은 집으로 간 뒤부터 이상하게 일이 잘 안 풀렸어. 할머니는 안 좋은 집을 좋다고 속여 팔아서 벌받는 거라고 부모님을 혼내셨지. 마침 네가 곧 이사 갈 거라고 친구들에게 말하는 걸 듣고 내가 할머니께 말씀드렸어. 햇볕이 잘 드는 집에 살면 아빠의 병도 나을 것 같아."

녀석의 눈동자가 붉어졌다.

이 집에 문제가 많다는 것은 이미 알고 있어서 자세히 설명할 필요가 없었다.

"깎아 준 삼백만 원으로 삼촌이 웬만한 거 다 고칠 수 있대. 친삼촌은 아니고 아빠가 입원한 알코올 중독 치료 병원에서 시설 관리하는 아저씨야. 수리도 잘하고, 친한 업체도 알고 있어서 싸게 할 수 있대."

옥상에서 내려온 삼촌은 핸드폰 카메라로 욕실을 찍었다. 단열 공사를 하면 벽에 얼음이 얼지 않도록 막을 수 있다. 집값이 아주 저렴해서 시청에서 지원하는 저소득층 주거 환경 개선 지원금도 조금 받게 됐다고 할머니가 말했다. 삼촌은 줄자로 천장의 넓이를 쟀고 승리가 수첩에 꼼꼼하게 받아 적었다.

"승리가 낯익어. 어디선가 많이 본 것 같아."

아빠가 승리를 오랫동안 바라보았다.

"작년에 정문 청소 담당이었는데, 아저씨가 학교 앞에서 일하실 때 몇 번 뵈었고 정수기에서 물도 떠다 드렸잖아요."

승리가 눈을 반짝거렸다.

아빠가 승리한테 학교생활에 대해 많이 물었단다. 하지만 아들이 이 학교에 다닌다는 말은 하지 않았다고 했다.

"아저씨가 루오네 아빠인 거 알고 있었어요."

승리가 우리 집에 찾아왔을 때, 내가 아빠와 함께 있는 것을 봤다고 한다. 하굣길에 벽돌 깔고 있는 아빠를 외면하는 모습을 승리도 본 걸까. 신문에 실린 수필이 떠올라 얼굴이 뜨거워졌다.

어느새 점심시간이 되었다. 아침을 굶었더니 배에서 꼬르륵 소리가 났다.

"비도 오는데, 해물파전 만들어서 같이 드세요."

엄마가 쪽파를 꺼냈다. 아빠가 삼촌한테 막걸리를 같이 마시자고 했다. 할머니가 밀가루 반죽을 했고 엄마가 프라이팬에 기름을 둘렀다. 고소한 냄새가 집에 퍼졌다.

"벽에 방수 작업하려면 크레인을 빌려야 하는데, 행복빌라의 행자도 제대로 붙여 드릴게요."

삼촌이 말했다. 승리가 엄지손가락을 치켜세웠다.

"루오는 또 파전 먹고 싶으면 언제든 이 집에 놀러 와라!"

할머니가 오징어가 많이 들어 있는 부분을 접시에 담아 건넸다. 이제 이 집을 떠난다. 문에 붙어 있는 스티커 속 돼지가 victory!라고 외치는 것 같았다.

403호를 떠나기 전에 나는 무슨 스티커를 붙여 놓을까?

그 사람의
이름은

학생문화원 회의실에서 지역 청소년 신문인 월간「틴틴 뉴스」
편집 회의를 했다. 우리 학교에서는 나와 호준이가 활동한다. 녀
석은 최신 노트북으로 인터넷을 검색하며 기사 아이템을 찾았다.
나는 노트북을 꺼낼 엄두가 나지 않았다. 무겁고 속도도 너무 느
리다. 가끔 전원마저 꺼져 안 쓰는 것이 정신 건강에 이로운 노트
북이다.

　"한국대 공모전 준비 잘하고 있지? 호준이는 아이템 정했어?"

　편집장 형이 1학년들을 바라보았다.

"명문대 입학 면접과 사교육을 주제로 하면 어떨까요? 학원에 다니지 않고서는 좋은 점수를 얻을 수 없다고 합니다."

학원, 과외 중독자인 호준이가 가장 잘 취재할 수 있는 분야였다.

"좀 익숙한 주제지만 사실적인 스토리로 풀어내면 재미있겠어. 탁오는 정했어?"

선배가 나를 바라보았다. 나는 헛기침만 했다.

한국대 주최, 청소년 언론 공모전 대상 수상자는 최신 노트북을 부상으로 받는다. 뿐만 아니라 입학 가산점도 얻을 수 있으니 꼭 수상해야 한다. 한 달 동안 고민했지만 주제를 아직도 정하지 못했다.

가을의 나른한 햇살이 책상에 내려앉았다. 포근한 바람까지 불어와 늦잠 자기 좋은 토요일 오전이었다. 주말에도 일찍 나온 탓에 하품이 나와 스트레칭을 하다가 무심코 창밖을 내다보았다. 호준이 엄마와 과외 선생님이 주차장에 서 있었다. 그 옆에 있는 검은색 외제 차가 햇빛을 받아 번쩍거렸다.

미역 줄기 같은 긴 생머리를 질끈 동여맨 과외의 헤어스타일을 호준이는 로커 같다고 추켜세웠다. 내 눈에는 조선 시대 댕기 동자 같았다. 과외를 받고 성적이 급상승한 덕분에 호준이는 그녀의 모든 것을 우러러보았다.

과외의 자신감 넘치는 눈빛과 도도한 말투가 떠올랐다. 최근에 만난 사람 중에서 가장 재수 없는 캐릭터였다. 학원도 안 다니고 혼자 공부해서 명문대에 입학했다는 자랑을 시작으로 사업으로 성공한 부모님의 인생 스토리, 훈남 남동생의 영어 실력 등 묻지도 않은 이야기를 끝없이 떠벌렸다. 마지막에는 내 성적을 묻더니 지금부터라도 과외를 받아야 명문대에 입학할 수 있다고 반갑지 않은 조언을 했다. 오지랖이 대한민국을 덮고도 남을 오지라퍼. 과외의 애제자인 호준이도 스승님을 닮아 잘난 척, 아는 척하느라 바빴다. 잘 어울리는 한 쌍의 사제지간이다.

편집 회의가 끝난 뒤 편집장 형이 말했다.

"오후에 지역 신문사에서 우리 「틴틴 뉴스」를 취재하러 와."

호준이는 과외를 받으러 간다며 가방을 챙겨서 먼저 나갔다.

점심을 먹고 쉬고 있는데, 카메라를 든 기자 두 명이 들어왔다.

남자는 현대일보 교육 문화부 소속 기자, 여자는 인턴이라고 소개했다.

삼십 분 정도 이야기를 나누고 인턴 기자가 간식을 꺼냈다. 아이들이 환호성을 질렀다.

"한국대 탐방 기사, 잘 썼네요. 저는 그 대학 영문학과 4학년에 다니는데, 곧 졸업해요."

여자 기자님이 신문을 훑어보았다.

지난달에 호준이와 한국대로 취재를 갔다. 영문학과 1학년인 과외가 캠퍼스를 안내하고, 학교 식당에서 밥을 사 줬다. 과외가 내 성적을 꼬치꼬치 캐묻고, 호준이와 비교해서 밥을 먹는 동안 체하는 줄 알았다. 담임하고 진학 상담하는 분위기였다.

"한국대 영문학과 1학년 나서윤이라고 아세요? 친구의 과외 선생님이에요."

"서윤이랑 방송 동아리라서 친해! 학과 사무실로 과외 의뢰가 들어와서 조교 언니가 서윤이를 추천했다고 하더라."

기자님이 반갑게 말했다.

내가 아는 정보와 달랐다. 과외는 시간이 없어서 동아리를 하지 않는다고 했다.

형들이 과외 얼굴이 예쁘냐고 물으며 사진을 보여 달라고 했다. 기자님이 대학교 동아리 행사 때 찍은 사진을 보여 줬다. 아무리 살펴봐도 댕기 머리를 한 과외를 찾을 수가 없었다.

"나서윤 선생님이 어디 있어요?"

기자님이 빨간색 뿔테 안경을 쓴 여학생을 가리켰다. 머리를 짧게 잘라 자신감이 넘쳐 보이고, 찢어진 청바지가 잘 어울리는 여자. 다시 눈여겨보니 얼핏 과외와 느낌이 비슷했지만 다른 사람이 분명했다. 과외는 한 달 전부터 미역 줄기 같은 머리 스타일을 유지하고 있었다.

명문대 출신이라고 학력을 속이는 일이 많다더니, 과외도 거짓말을 하는 걸까? 한국 사회의 학벌 집착을 보여 주는 좋은 사례였다. 그렇다면 그녀를 한국대 공모전 소재로 잡으면 어떨까?

인터뷰를 끝내고 호준이를 만나러 갔다. 호준이는 과외가 끝난 후 선생님과 햄버거를 먹고 있었다.

과외가 나한테도 주문하라고 했지만 배부르다고 둘러대고 옆에 앉았다. 호준이가 무슨 일로 왔는지 물었다. 영어 문법이 어려워서 질문하러 왔다고 핑계 대며 과외를 흘낏거렸다. 인턴 기자가 보여 준 사진 속 인물과 달랐다.

식사를 마치고 호준이는 집으로 갔고, 나는 과외와 정류장으로 걸어갔다.

"나한테 할 말 있어서 왔지? 내가 눈치는 빠르잖아."

"한국대 영문학과 출신 한보라 기자님 아세요?"

그녀의 눈빛이 흔들렸다.

"왜 거짓말하셨어요?"

"학력은 속였지만 실력은 거짓 아니야! 호준이의 성적이 증명하잖아. 부탁인데 비밀을 지켜 줘. 과외를 해야 우리 가족이 먹고살 거든."

과외가 입술을 잘근잘근 씹으며 애원했다. 넘치는 자신감은 순식간에 사라져 버렸다.

"형편이 어려워도 장학금을 받고, 알바를 하면 대학에 다닐 수 있잖아요?"

"탁오가 아직 어려서 잘 모르겠지만, 그런 혜택을 받아도 대학에 갈 수 없는 사람이 있어. 나는 낮에는 유명 식당에서 요리를 배우는 중이야."

과외가 어떻게 된 사정인지 털어놓았다.

중학교 동창인 한국대에 다니는 진짜 나서윤에게 호준이 과외가 들어왔다고 한다. 그 친구는 다른 과외를 하느라 시간이 없어서 형편이 어려운 가짜 나서윤에게 양보한 모양이다. 호준이네 엄마와 처음 만날 때도 나서윤의 학생증을 보여 줬고, 사진과 비슷하게 보이려고 안경도 쓴 과외.

"어떻게 하면 비밀을 지켜 줄래?"

"세상에 공짜가 없으니까 저한테도 과외를 해 주세요."

곁에서 지켜보아야 기사 쓸 소재를 얻을 수 있고, 공부도 할 수 있으니 일석이조였다.

"호준이한테 들었는데 아버지가 돌아가셔서 형편이 어렵다며? 도와줄 테니까 열심히 해. 고등학생 때, 과외를 받아서 성적 좋아지는 친구들이 많이 부러웠어."

과외의 흔들리던 목소리가 점점 차분해졌다.

중학생 때 나보다 성적이 떨어졌던 호준이가 지금은 훨씬 시험을 잘 봤다. 영어 말하기 대회에서도 1등을 했다. 원고도 과외가 써 주고 발음 교정도 해 줬을 것이다. 나도 과외를 받고 싶지만 형편이 좋지 않아 엄마한테 말도 꺼내지 못했다.

"이제부터는 선생님이라고 부를게요."

"아니야, 그럴 자격이 없으니까 누나라고 해."

"근데 진짜 이름이 뭐예요?"

"한진주!"

누나 곁으로 짙은 어둠이 내려앉았다. 가을이라 저녁이 일찍 찾아왔다.

일요일 오후, 조용한 카페에서 진주 누나와 첫 수업을 시작했다.

공짜로 수업을 듣기 미안해서 빵과 커피를 사려고 했지만 카페 알바생에게 누나가 먼저 카드를 내밀었다.

영어 교과서 분석을 끝낸 누나가 설명을 잘해 줘 이해하기 쉬웠다. 기말고사에 나올 법한 문제도 알려 주었다. 호준이의 성적이 많이 오른 이유를 알 것 같았다.

수능 기출문제집을 풀고 있는데, 행색이 초라한 할머니가 다가와서 초콜릿을 사 달라고 부탁했다. 손님들이 웅성거렸고 알바생이 뛰어오더니 할머니에게 나가라고 고함을 질렀다.

"할머니가 피해 준 것도 없는데 왜 화를 내요?"

누나는 오천 원을 내고 초콜릿 몇 개를 샀다. 할머니가 건넨 거스름돈은 받지 않았다.

초콜릿은 뿌연 먼지가 앉았고, 포장지 곳곳이 찢겼다.

"초콜릿과 사탕은 유통 기한이 없으니까 먹어도 돼."

누나가 초콜릿 한 조각을 입에 넣어 주었다. 쌉쓸하면서도 한편으로는 달콤했다.

누나는 얼마나 형편이 어려우면 대학 진학을 못 하고, 거짓말로 과외를 하고 있는 걸까?

누나를 취재해서 우리 사회 빈곤의 문제, 명문대에 집착하는 현상을 기사에 담아야겠다.

누나가 화장실에 간 사이에 누나의 핸드폰이 울렸다. 벨소리가 너무 커 수신 거부 버튼을 눌렀지만 또 전화가 걸려 와 어쩔 수 없이 통화 버튼을 눌렀다. 처음 들어 보는 말이었다. 딱딱한 발음이 러시아어 같았다.

"여보세요?"

"소브드 휴대포온?"

여자가 어눌한 한국어로 더듬거렸다. 한국어를 배우는 외국 사람 말투였다.

"진주 누나 전화예요."

"지인주?"

상대방이 한참 동안 자기네 나라 말로 중얼거리다가 끊었다. 잘못 걸려 온 전화였다.

잠시 뒤, 누나가 자리로 돌아와 가방을 챙겼다. 이상한 전화가 왔다고 했더니 왜 받았냐고 매섭게 눈을 흘겨 분위기가 서먹서먹해졌다. 알바 갈 시간이라며 누나가 밖으로 나갔다.

울창한 플라타너스 잎들이 붉게 물들고, 날씨는 화창했다. 팔짱을 낀 연인들이 거리에 많은 휴일 오후였다. 우리는 아무 말도 하지 않고 걸었다.

지하철역 입구에 경찰들이 검문검색을 하고 있었다. 누나가 갑자기 팔짱을 꼈다. 전기가 통한 것처럼 떨렸고, 온몸의 세포가 예민해지면서 몸이 뜨거워졌다. 누나에게서 풍기는 로션 냄새가 더 진하게 다가왔다.

"방금 전, 절도 사건이 발생해서 녹화 영상을 확인했는데 이십대 여성이 나왔어요. 신분증을 확인해도 될까요?"

경찰이 다가왔다.

누나가 나서윤의 학생증을 내밀었다. 누나의 손이 조금 떨리는 것이 느껴졌다.

"주민등록증은 없어요?"

경찰이 학생증을 살펴보려는데, 무전기에서 알아들을 수 없는 말이 흘러나왔다. 경찰이 누나에게 학생증을 돌려주더니 급하게 순찰차에 올랐다. 범인을 잡은 것 같았다.

"민증을 집에 두고 왔어. 알바 늦어서 빨리 가야겠네."

급히 사라지는 누나의 뒷모습을 지켜보았다.

누나의 진짜 이름은 무엇일까? 왠지 누나한테서 엄청난 기삿거리가 나올 것 같았다.

수업 후, 누나를 만나러 가다가 학교 입구에서 호준이를 만났다.

"나서윤 선생님 수업 잘하냐?"

누나에 대해 궁금한 것이 많았다.

"응. 역시 명문대 출신이라 그런지 시험 문제도 잘 맞히고 실력 있어. 근데 돈을 좀 밝혀!"

호준이는 누나의 정체를 전혀 모르고 있었다.

녀석은 공모전 준비로 바쁘다며 학교로 들어갔다. 나도 서둘러 누나를 만나러 갔다.

누나는 약속 시간보다 이십 분 늦게 카페로 들어왔다. 알바가 늦게 끝났다고 했다. 머리를 짧게 자르고 안경을 쓴 누나는 학생 중 속 나서윤과 비슷했다.

"여드름이 터졌는데 보기 싫어서 밴드를 붙였어."

이마에 귀여운 캐릭터가 그려진 밴드를 붙여 고등학생처럼 어려 보였다.

학력 평가를 대비해 지난해 문제 풀이를 시작했다.

"호준이한테는 단어장을 주지 않았는데 너한테는 특별히 줄게. 어렵지만 열심히 공부하는 사람이 더 성적이 잘 나와야지."

중요 단어와 자주 사용하는 숙어가 정리된 수첩이었다. 글씨가 예뻤다. 최선을 다하라는 짧은 편지도 있었다. 마음 한 끝이 떨렸고 그럴수록 누나의 정체가 더 궁금해졌다.

누나가 화장실에 간 사이, 누나 가방에서 지갑을 꺼내 신분증과 체크카드를 살펴보았다. 나서윤 이름이었다. 가방에 들어 있는 약봉지, 핸드폰 고지서에도 한진주 대신 나서윤이 적혀 있었다. 지갑을 가방에 넣다가 안에 들어 있는 쪽지가 바닥에 떨어졌다. 포스트잇 쪽지에 'сувд'라고 적혀 있었다. 고대 이집트 문자를 닮았다. 그 옆에 적힌 숫자는 은행 계좌 번호 같았다.

핸드폰으로 그 쪽지를 찍고 사진을 편집해서 'сувд'만 보이도록 했다. 그러고는 포털 사이트 지식 코너에 그 사진을 첨부하고 무슨 글자인지, 어떻게 발음하는지 질문을 올렸다.

자리로 돌아온 누나가 커피를 마셨다. 유심히 보니 누나의 손에 화상 흔적이 있었다.

"손은 왜 그래요?"

"탕수육을 끓이는 기름에 손을 데었어. 막내는 원래 힘든 일을 하잖아."

누나가 대수롭지 않게 말했다. 스무 살 여자의 손이 할머니의 손처럼 거칠고 곳곳이 갈라졌다. 우리 엄마보다 습진도 심했다.

수업이 끝나 포털 사이트에 접속해 질문을 확인하니 답글이 적혀 있었다.

몽골어로 진주라는 뜻으로 여자 이름에 많이 써요!
발음은 소브드.

지난번에 누나의 핸드폰을 대신 받았을 때 상대방이 분명 소브드라고 불렀다.

"소브드가 누구예요?"

누나가 나를 한참 바라보다가 다시 의자에 앉아 맥주를 주문했다.

"더 이상 숨길 수가 없네. 한국에서 십육 년 이상 살고 있지만 나는 주민등록등본에 올라 있지 않아. 갑자기 죽어도 아무도 모르는 무적 상태야."

누나는 몽골에서 태어나 다섯 살 때 온 가족이 한국으로 들어왔다고 한다. 청소년은 불법 체류자라도 보호를 받아 학교에 다닐 수 있지만 성인이 되면 상황이 달라져 언제든 추방당할 수 있단다. 부모님은 월급을 올려 달라고 말했다가 공장장이 신고해서 지난해 쫓겨났고 누나 혼자 한국에 남아 있는 상황이었다.

"한국인과 비슷한 외모는 축복이었어. 한국인 아빠와 파키스탄인 엄마한테서 태어난 친구는 법적으로 한국인인데도 초코파이라고 불리면서 왕따를 당하기도 했으니까."

누나가 맥주를 마시며 살아온 이야기를 들려줬다.

무시당하지 않으려고 독하게 공부해 학교에서 인정을 받았다고 한다. 하지만 성적이 좋아도 불법 체류자라서 대학 진학은 불가능했다.

"부모님이 많이 편찮으셔서 수술을 받아야 하는데 돈이 없어.

몽골 경제가 안 좋아서 돌아가도 일자리를 구할 수 없는 상태고. 하지만 언젠가는 돌아가야 할 테니 계속 몽골어를 공부하고 있어."

누나는 소곤거리며 계속 주변을 두리번거렸다. 경찰에 쫓기는 지명 수배자 같았다.

"다 털어놓으니 속이 후련하다. 내가 몽골인이라는 것을 아는 사람은 몇 명이 있어. 서윤이, 너 그리고."

"남자 친구예요?"

"아니, 꼰대 같은 식당 주방장과 사장. 남자 친구라니, 나는 한가하게 연애할 시간 없어. 그리고 한국 사람들은 내가 몽골 출신이라고 하면 싫어할 거야."

누나는 나서윤 누나와 같이 살고 있었다. 월세를 절반 부담하고, 이름과 학벌을 빌려준 대가로 과외비의 30퍼센트를 준단다. 통장도 발급 받지 못해 친구의 계좌를 사용하고, 아파도 친구의 이름으로 병원에 다니는 우리 사회의 투명 인간이었다.

"다른 일도 많은데 왜 요리를 배워요?"

"몽골에 한국 식당을 차릴 거야. 몽골에 한국 관광객이 많이 와서 한국 음식을 많이 찾고, 한류 열풍으로 몽골인들도 한국 음식을 좋아한대."

누나는 지인의 소개로 식당에서 일하고 있다. 최저 임금 이하를 줘도 되니 사장 입장에서는 손해가 아니었다.

카페를 나와 걸었다. 밤이 되자 바람이 조금 쌀쌀했다. 천천히 겨울이 오고 있었다.

누나는 정서불안 환자처럼 또 주변을 두리번거렸다. 나는 보디가드처럼 옆에 서 있었다.

"탁오야, 여러 가지로 바야를라! 몽골어로 고맙다는 말이야."

누나의 희미한 미소를 보니 머리가 복잡해졌다. 공모전을 위해 누나를 주인공으로 기사를 써도 되는 걸까?

토요일, 학생문화원 회의실에서 「틴틴 뉴스」 회의를 끝냈다.

나른한 주말에 지루한 이야기를 하느라 다들 지친 표정이었다. 나는 콧노래를 흥얼거리며 시간이 빨리 가기를 기다렸다. 오후에 누나를 만난다.

호준이는 노트북 앞에 앉아 부지런히 공모전 준비를 했다. 편집장 형이 대충 훑어보았다.

"남들이 다 아는 흔한 사교육 이야기는 공모전에서 입상하기 어려워."

형은 지난해 공모전 우수상을 받았다. 호준이가 얼굴을 찡그렸다.

나는 불법 체류자 부모와 청소년의 삶을 소재로 기사를 쓸 것이다. 호준이한테 공모전 소식을 들은 누나가 사회적인 문제를 생생하게 다뤄야 상을 받는다면서 자신을 주인공으로 기사를 쓰라고 먼저 권유했다. 기사를 잘 쓰면 청소년들도 불법 체류자의 삶을 이해해 줄 거라고 덧붙였다. 그때부터 여러 자료를 찾으며 공모전 준비에 최선을 다했다.

불법 체류자 관련 신문 기사를 보면 외모가 한국 사람과 많이 다르거나, 말투가 튀는 외국인을 주로 다룬다. 한국인과 외모, 말투가 같은 불법 체류자의 삶은 찾기 힘들었다. 누나를 주인공으로 기사를 쓰면 독특한 소재라서 공모전에 입상할 자신이 있었다. 상을 받으면 누나에게 어떻게 보답할까? 생각만 해도 웃음이 나왔다.

편집 회의를 마치고 누나를 만나러 카페에 가는데 핸드폰이 울렸다. 누나였다.

"지금부터 내가 하는 말 잘 들어라."

누나는 작은 목소리로 이야기를 시작했다.

통화를 끝내고 밖으로 나가 공중전화를 찾았다.

누나는 가게에서 어떤 일을 당하고 있는 걸까? 직접 찾아가서 주방장의 멱살을 잡고 싶었다.

누나네 가게로 전화를 해 주방장을 바꿔 달라고 했다. 나이가 들어 보이도록 목소리에 힘을 주면서 진짜 기자처럼 말하려고 애썼다. 청소년 언론사 기자니까 거짓말은 아니었다.

한참 뒤, 말투가 까칠한 아저씨가 전화를 받았다.

"안녕하세요. 현대신문사 사회부 기자입니다. 주방에서 몽골인 여성이 일하는데, 인권 침해를 당한다는 제보가 있어서 사실을 확인하려고 합니다."

"당신, 누구야? 그런 일 없어!"

사내가 화를 냈다.

"또 제보가 들어오면 취재하러 가겠습니다. 그러면 가게에 엄청난 타격이 있고, 가해자는 경찰 조사를 받게 됩니다."

"그런 일 없다고 분명 말했어! 만약 신문에 보도하면 명예 훼손으로 고발할 거야."

사내가 전화를 끊었다.

이렇게 경고했는데도 계속 누나를 괴롭히면 정말 언론사에 제보를 해야겠다. 경찰에 신고하고 싶지만 그러면 불법 체류자인 누나가 강제 추방당한다.

약속 장소에서 누나를 기다리며 공모전 기사를 쓰고 있었다. 하지만 집중할 수 없었다.

잠시 뒤, 누나가 문을 열고 안으로 들어왔다.

"탁오의 연기력 최고야. 주방장이 널 정말 기자로 생각했는지 긴장하더라."

누나가 내 옆에 앉았다.

"식당에서 무슨 일이 있어요?"

"돈도 적게 주고, 몽골 사람이라고 욕해서 참을 수 없었어. 난

법의 보호를 못 받는 대한민국에서 가장 밑바닥에 있는 사람이잖아. 당당하게 내 이름 밝히고, 세금 내면서 살고 싶어. 핸드폰, 통장도 내 이름으로 가입하고, 병원에 가서도 내 이름으로 당당하게 상담 받는 날이 올까?"

누나가 깊은 한숨을 내쉬었다. 누군가한테는 당연한 일상이었지만 누나한테는 큰 꿈이었다.

"기사는 잘 쓰고 있지? 가짜 기자 이야기는 넣지 마라."

웃을 때마다 드러나는 누나의 덧니는 매력 포인트였다. 공모전에 입상해 기사가 신문에 게재되면 좋겠다. 그 기사를 읽은 사람들이 누나의 상황을 조금이라도 이해할 수 있을 테니까.

저녁 식사 시간이었다. 누나가 가고 싶은 식당이 있다면서 앞장섰다. 십 분쯤 걸어서 도착한 식당에는 처음 보는 국기가 걸려 있고, 간판에는 뜻을 알 수 없는 외국어가 적혀 있었다.

"몽골 음식을 파는데 특히 호쇼르가 맛있어."

누나가 침을 삼켰다.

호쇼르는 얇게 썬 고기에 밀가루 옷을 입혀서 튀긴 몽골 음식이었다. 음식을 기다리는 동안 누나가 몽골 이야기를 들려줬다. 몽골에는 8월 말에 첫눈이 내리고 7개월 동안 기온이 영하라고 한다. 한국이 한여름일 때라서 눈 내리는 모습을 상상할 수 없었다.

"고등학생 때 수학여행으로 제주도를 갔어. 한라산 중턱이 몽골 초원과 비슷해서 정말 좋았어. 또 제주도에 가고 싶은데 공항에서 신분증 검사하기 때문에 엄두가 안 나."

고려 시대에 몽골 사람들이 많이 살았던 제주도에는 몽골 흔적이 많다고 누나가 말했다. 조랑말이 몽골어 '조뭐머리'에서 온 단어이고, 작은 산을 뜻하는 제주도 사투리 '오름'도 몽골어였다. 마침 알바생이 물을 가져다 놓았다. 누나가 '오쓰'라고 중얼거렸다. 물을 뜻하는 몽골어였다. 이런 내용을 모두 기사에 담으려고 수첩에 받아 적었다.

호쇼르가 나왔다. 누나는 말없이 음식을 한참 바라보았다. 영하 20도의 추운 날씨에도 천막인 게르에 살고 있는 부모님을 생각하고 있는 걸까?

물을 마시면서 오쓰라고 중얼거렸더니 누나가 웃었다. 손바닥 절반 크기의 호쇼르는 만두보다 훨씬 바삭했다.

"몽골로 갔다가 다시 한국으로 돌아오면 불법 체류자 신분에서 벗어날 수 있잖아요."

"몽골 사람이 한국에 와서 일하려면 삼 년짜리 취업 비자를 받아야 하는데 엄청 어려워. 나는 지금 불법 체류 중이기 때문에 못 받을 수도 있고."

누나가 젓가락을 내려놓았다.

세상에는 내가 모르는 일이 참 많았다. 이렇게 다양한 사람들의 모습을 세상에 알리는 기자라는 직업이 매력적으로 다가왔다.

식사를 마치고 누나와 이야기를 나누며 걷다 보니 어느덧 누나 네 집 앞이었다. 삼십 분이 빨리 지나갔다.

"탁오가 가는 거 보고 들어갈게."

누나가 먼저 가라고 고집을 부렸다. 먼저 들어가라고 했지만 누나는 고개를 저었다.

골목을 빠져나가다가 뒤돌아서 손을 흔들었다. 가로등 불빛 덕분인지 누나의 얼굴이 환했다.

수업이 끝나 책을 빌리러 도서실에 갔다. 호준이가 구석에 앉아 노트북을 두드리고 있었다. 가까이 다가가자 노트북을 덮었다.

"야동 보고 있었냐?"

"좋은 걸로 구했어. 다음에 보여 줄게."

녀석이 노트북을 들고 황급히 사라졌다. 녀석을 뒤쫓아갈 시간이 없었다. 과외를 받으러 가야 했다. 누나가 바빠서 일주일 만에 만난다. 화장실로 들어가 거울을 보며 머리를 매만지고 왁스를 발랐다. 엄마 몰래 챙겨 온 향수도 손목에 뿌렸다. 대학생처럼 보이고 싶어서 청바지와 재킷은 따로 챙겨 왔다. 지하철역 화장실에서 갈아입어야겠다. 향수 냄새를 맡으며 누나를 생각하는데, 문자가 왔다.

알바 때문에 바빠 만날 수 없어. 기사 작성 열심히 해!

문장에서 누나의 명랑한 목소리가 들려오는 것 같았다. 기사를 다 쓰면 읽고 조언해 줄 수 있는지 물었다. 누나가 기사를 자기한테 메일로 보내면 수정해서 직접 우체국에 가서 접수하겠다고 했다.

도서실로 가서 노트북을 꺼내 글을 쓰기 시작했다. 여러 가지 이유로 꼭 상을 받아야 한다. 인터넷을 검색해 관련 법을 찾아보고, 다양한 기사를 참고했더니 글의 틀이 잡혔다. 그런데 컴퓨터 속도가 너무 느려서 답답했다. 갑자기 전원이 꺼질 것 같아 자주 저장 버튼을 눌렀다. 노트북이 이제 그만 교체해 달라고 애원하는 것 같았다. 그동안 고생한 노트북을 쓰다듬었다. 곧 최신 기종으로 바꿀 절호의 기회가 다가오고 있었다.

토요일 오후, 엄마가 만들어 놓은 밑반찬을 챙겨서 누나가 사는 원룸으로 갔다. 엄마한테는 형편이 어려운 친구를 챙겨 주고 싶다고 둘러댔다. 거짓말은 아니다. 원고를 보내고 며칠 동안 누나에게 여러 차례 메시지를 보냈지만 답이 없었다. 전화도 받지 않았다.

빌라 1층으로 들어가는데, 위층에서 고함 소리가 들렸다.

"몽골 그년 어디 있어? 우리 남편을 죽이려고 했어. 경찰에 신고할 거야."

어떤 아줌마가 소리를 질러 댔다.

"신고하세요! 아줌마 남편이 제 친구를 성추행했다는 증거가 있어요."

어떤 누나가 핸드폰에 저장된 녹취 파일을 눌렀다.

얼굴을 보니 나서윤 누나가 확실했다. 핸드폰에서 남자의 고함과 소브드 누나의 비명이 뒤섞여 들려왔다. 귀를 막고 싶었다.

"그년은 꽃뱀이야! 남편이 성추행했으면 바로 경찰에 신고해야지 왜 가만히 있어?"

아줌마가 소리를 질렀다.

"피해자가 직접 고발 안 해도 증거만으로도 수사 가능해요! 주방장 그 새끼를 당장 감방에 처넣어 버릴 거예요."

누나가 눈을 부릅뜨고 소리를 질렀다. 목에 핏대가 섰다.

아줌마가 뒷걸음치더니 쌍욕을 하며 밖으로 나갔다. 누나에게 인사를 하고 소브드 누나가 어디에 있는지 물었다. 나서윤 누나가 안으로 들어오라고 손짓했다. 누나는 나를 잘 알고 있었다.

"소브드가 탁오 이야기를 자주 했어. 아, 불법 체류자 관련 기사는 수정해서 공모전에 접수했을 거야. 잘 썼다고 칭찬하면서 탁오는 기자가 되면 좋겠대."

누나의 눈빛을 보니 칭찬이 빈말 같지 않았다. 뒷머리를 긁적거리며 반찬통을 식탁에 올려놓았다.

"소브드는 먹을 복이 없네."

누나가 며칠 동안 있었던 일을 들려줬다. 식당 주방장이 누나가 불법 체류자라는 사실을 알고 성추행을 일삼았다고 한다. 누나 이마의 흉터는 성추행을 피하려다가 벽에 부딪친 흔적이었다.

"신고하면 추방당하니까 입을 다물 수밖에 없지."

가게 문을 닫을 시간에 주방장이 식재료 창고에서 누나를 성폭행하려고 했단다. 누나가 옆에 있는 칼을 던지고 도망쳤나 보다. 칼이 가해자의 손등을 스쳤는데, 주방장 부인은 자신들이 피해자라고 우기면서 보상을 받겠다며 찾아온 것이다.

"그날 이후 소브드는 사라졌어. 나한테 피해를 주고 싶지 않다면서 모든 연락을 끊었어. 호준이네 과외도 잘렸어. 아줌마가 소브드가 몽골 사람이라는 것을 알아 버렸거든."

호준이네 엄마가 대학교 근처를 지나다가 누나에게 주려고 간식을 사서 학교에 왔다고 한다. 누나가 수업이 없는 날이라고 했더니 아줌마는 학과 사무실에 간식을 맡기러 갔나 보다. 그때 진짜 나서윤 누나를 만났고 그렇게 모든 거짓말이 들통난 것이다.

"호준이 엄마가 나한테 과외비를 돌려주지 않으면 대학교에 알리겠다고 협박하더라."

"그래서 어떻게 했어요?"

목이 말라 물을 마셨다. 오쓰라는 몽골어가 떠올랐다.

"영어 말하기 대회 준비, 수행 평가를 소브드가 대신 해 줬다고 학교 홈페이지, 교육청에 알리겠다고 했더니 입을 다물었어."

누나는 차분하게 말을 이어 나갔다.

"내가 곤란해지는 것을 막겠다며 소브드가 호준이 엄마를 찾아가서 사과했어. 그 이후로 호준이 엄마가 나한테 연락하지 않더라."

누나는 왜 나한테 그 많은 일들을 말하지 않은 걸까?

집 안을 둘러보았다. 현관에는 누나가 자주 신는 파란색 운동화와 검정 구두가 보이지 않았다. 베란다 건조대에도 누나가 입었던 옷은 보이지 않았다. 누나는 지금 어디에 있는 걸까?

수업이 끝나 청소를 하면서도 계속 핸드폰으로 인터넷에 접속했다. 공모전 결과를 발표하는 날이었다. 아직 명단이 올라오지 않았다. 문득 누나가 생각나 전화를 했지만 없는 번호라는 기계음만 들려왔다.

서윤 누나에게 문자를 보냈다. 소브드 누나의 연락을 받지 못했다고 답문이 왔다. 서윤 누나는 주방장 가족을 피해 학교 근처로 집을 옮겼다고 한다. 다시 한국대 홈페이지에 접속했더니 명단이 올라와 있었다. 마른침을 삼키며 게시 글을 클릭했다.

우수상을 호준이가 받았고 내 이름은 없었다. 심사평을 읽었다. 강호준 학생의 기사는 한국인과 외모와 말투가 같은 불법 체류자의 삶을 다른 시선에서 바라보아 참신하고 더 울림이 컸다고 적혀 있었다. 비슷한 소재의 글이 여러 편이었다는 말은 없었다. 잠시 뒤, 호준이가 상을 받았다고 호들갑을 떨었다.

한국대 언론 센터에 전화해서 지원자 확인을 부탁했다. 샛별고등학교 이탁오 학생은 접수되지 않았다고 했다. 호준이네 엄마가 누나에게 불법 체류자를 주제로 기사를 써 주지 않으면 한국대에 가짜 과외 사실을 알리겠다고 한 것일까? 같은 소재가 두 편 접수되면 안 되니까 누나는 내 원고를 발송하지 않은 것 같다.

다시 명단을 살펴보았다. 기사 아래 댓글이 달려 있었다.

За, дараа уулзатлаа баяртай.

몽골어였다. 몽골어 사전에 검색해 보니 '다음에 볼 때까지 잘 지내.'라는 뜻이었다. 누나가 남긴 것일까? 문장에서 누나의 목소리가 들리는 것 같았다. 그 댓글 아래 고맙다는 뜻의 몽골어 '**ба ярлах**(바야를라)!'를 남겼다.

마침 「틴틴 뉴스」 편집장 형이 문자를 보내왔다.

호준이네 엄마가 수상 기념으로 토요일에 뷔페로 초대한대!

그 문자를 삭제하려다가 형에게 문자 메시지를 쓰기 시작했다.

수상 기념으로 간담회를 하면 어떨까요? 호준이한테 기사를 쓰게 된 계기, 인터뷰 방법, 불법 체류자의 고민, 문제 해결 방법 등을 자세하게 들어 봐요. 진행은 제가 할게요.

형은 좋은 생각이라고 답문을 보내왔다.

종례가 끝나 학교를 빠져나왔다. 미세먼지가 심한 날이라 공기에서 옅은 먼지 냄새가 풍겼다. 안경에 먼지가 묻은 것 같아 안경 닦이를 꺼내려고 가방 깊숙이 손을 넣었다. 누나가 어떤 할머니한테 산 초콜릿이 들어 있었다. 초콜릿 한 조각을 입에 넣었다. 쓴맛이 강했다.

누나는 지금 어디에 있을까? 그곳에서는 어떤 이름으로 불릴까?

버킷 리스트
1번

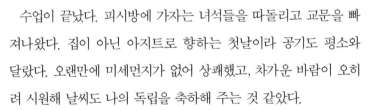

수업이 끝났다. 피시방에 가자는 녀석들을 따돌리고 교문을 빠져나왔다. 집이 아닌 아지트로 향하는 첫날이라 공기도 평소와 달랐다. 오랜만에 미세먼지가 없어 상쾌했고, 차가운 바람이 오히려 시원해 날씨도 나의 독립을 축하해 주는 것 같았다.

샛별로 50번길 3, 드림원룸 빌라 307호, 나만의 아지트 주소다. 독립, 퇴출, 탈출, 어떤 단어가 적합할지 모르지만 결론적으로 집을 나와서 혼자 살게 되었으니 버킷 리스트 1번이 이뤄졌다.

사거리를 빠져나와 골목으로 들어가다가 정신을 차렸다. 앞에 로열팰리스 아파트가 서 있었다. 버릇처럼 집으로 갔던 것이다.

로열팰리스 1501호를 올려다보니 어제까지 살았던 집인데도 너무 낯설었다. 내 집인 듯 내 집 아닌, 내가 살고 있는 그 집에 들어가면 두 치수 작은 옷으로 갈아입은 기분이었다. 좋은 아파트라서 친구들이 집 구경을 하고 싶어 했지만 핑계를 대며 거절하기 일쑤였다. 친구들의 피시방 비용을 대신 내주면서 밤늦게까지 밖에서 놀다가 집에 간 적도 많았다. 하지만 이제 나만의 아지트가 생겼으니 밖을 배회하지 않아도 된다.

큰길로 나와 우회전을 해서 조금 더 걸었다. 드림원룸이 빨리 오라고 손짓하는 것 같았다. 원룸 빌라는 대학생들이 많이 사는 곳으로, 작년에 새로 지어서 아주 깔끔하고 시설이 잘 되어 있다.

아지트와 아파트는 일 분 거리다. 로열팰리스 15층 베란다에 서면 아지트 307호가 훤히 들여다보인다. 내가 밥을 먹고 있는지, 학교에 갔는지, 잠을 자고 있는지 알 수 있는 것이다. 엄마는 나를 실시간으로 살펴본다는 조건으로 독립을 허락했다. 연락도 없이 언제든 찾아오겠다며 도어락 비밀번호도 공유했고, 절대로 친구를 데려오지 않겠다고 약속했다.

드림빌라 앞에 서서 주변을 둘러보았다. 맞은편의 빌라 옥상에서 초등학생들이 뛰어다니며 떠들어 댔다. 그 정도의 소음은 참을 수 있다. 편의점도 가깝고, 버스 정류장도 바로 앞이라 살기 좋은 곳이었다.

드림빌라 307호로 들어가니, 엄마가 대청소를 하고 있었다. 오늘 휴가를 낸 모양이었다.

"여자가 살던 집이라 그런지 깨끗하네. 집주인한테 말해서 세면대의 물만 잘 내려가도록 손보면 문제 없어."

책상, 옷장, 침대, 식탁 모두 내가 원하는 곳에 자리를 잡았다. 냉장고, 세탁기, 에어컨은 설치되어 있다. 텔레비전은 사지 않기로 했다.

식탁 위에는 조그마한 케이크가 놓여 있었다. 오랜만에 엄마와 단둘이 있는 시간이다.

"도하야, 아저씨도 곧 구경 올 거야. 흠, 독립을 축하해야 할지 슬퍼해야 할지 모르겠어."

엄마가 나를 물끄러미 바라보다가 눈시울을 붉혔다.

헛기침을 하는 척하면서 베란다 창문을 열었다. 늦은 오후의 따사로운 햇살이 가득 들어왔다. 문득 몇 년 동안의 일들이 머릿속을 스쳐 지나갔다.

아저씨와 사이가 좋았다면 독립하지 않았을 텐데. 아니 엄마가 재혼하지 않았다면, 아빠가 일찍 돌아가시지 않았다면 나도 다른 친구들과 비슷하게 살고 있을까?

내가 초등학교에 입학할 무렵, 몸이 안 좋아서 병원을 찾은 아빠는 식도암 말기 진단을 받았다. 젊은 사람한테는 암세포가 빨리 퍼진다고 했다. 몇 달 뒤 아빠는 세상을 떠났고, 엄마는 혼자서 나를 키우다가 삼 년 전에 아저씨와 결혼을 했다. 아저씨 또한 부인이 일찍 세상을 떠나 혼자서 윤미 누나를 키웠다.

아파트에서 엄마, 아저씨, 아저씨네 어머니, 윤미 누나와 함께 살았다. 다행히도 재혼 가정이 겪는 큰 문제는 벌어지지 않았지만 나는 그 집에 적응하지 못했다. 차라리 하숙생이라면 좋았을지 모른다. 팬티만 입고 돌아다닐 수도 없고, 주말에 편하게 낮잠을 잘 수도 없었다. 온 가족이 함께하는 식사도 불편했다. 아저씨네 집은 제사를 비롯해 집안 행사가 많아 친척들이 자주 왔다. 그럴 때마다 나는 쭈뼛거리며 방에 틀어박혀 있거나, 여러 가지 핑계를 대며 밖으로 나갔다.

집에 적응하지 못하는 나 때문에 엄마와 아저씨가 자주 말다툼해 아파트가 더 불편해졌고, 결국 엄마에게 따로 살고 싶다고 말했다. 몇 달 동안의 가족회의 끝에 독립을 쟁취했다. 원룸 전세금과 생활비는 아빠가 내 몫으로 남긴 돈이라서 아저씨의 눈치를볼 필요가 없다.

맞은편 빌라 옥상에서 노는 아이들의 웃음소리 덕분에 울적한 기분이 사라졌다.

"정말 혼자 살 수 있겠어? 내가 널 두고 잠을 편하게 자겠냐?"

엄마가 한숨을 내쉬었다. 벌써 다섯 번째였다. 독립을 슬퍼하러 온 사람 같았다.

"내가 원해서 나온 거잖아. 잘 살 테니까 걱정하지 마."

엄마가 문을 닫고 나가다가 다시 들어와 나를 껴안았다.

"도하야, 미안해. 내일 또 올게."

엄마가 원룸을 빠져나갔다.

현관문을 닫았더니 세상과 분리되며 나만의 공간이 열렸다. 삼 년 만의 자유였다. 소리를 지르며 옷을 훌러덩 벗고 침대에 누웠다. 아파트에서는 절대 할 수 없는 일이었다.

잠시 뒤, 아무 소리도 들려오지 않는 공간이 어색했다. 아파트에서는 아저씨가 즐겨 보는 등산 방송이 계속 이어졌고, 할머니도 시낭송을 했다. 누나도 노래를 흥얼거려 귀가 따가울 지경이었다.

며칠이 지나야 이 분위기에 적응할 수 있을까? 어디에선가 찬바람이 들어오는 것 같아 보일러 온도를 높였다. 3월 말이지만 여전히 쌀쌀했다. 핸드폰으로 동영상을 클릭해 소리를 키웠더니 고요함, 적막함이 사라졌다.

짐을 정리할 차례였다. 상자에서 아빠 사진이 든 액자를 꺼내 책상에 올려놓았다. 아저씨와 살 때는 아빠 사진을 꺼낼 수 없었다. 내가 좋아하는 프라모델도 보기 좋게 정리했다. 건담 아스트레이드를 조립하다 보면 아빠가 곁에 있는 느낌이다. 아빠는 손재주가 좋아서 로봇 조립을 뚝딱 해냈다. 하지만 아저씨는 프라모델을 볼 때마다 돈 낭비를 한다며 눈살을 찌푸렸다. 궁상맞은 아저씨는 십 년 넘은 코트를 입고, 십오 년이나 된 가죽 벨트를 쓴다고 자랑했다.

아저씨와 나는 식성부터 맞지 않았다. 아저씨는 채식주의자, 나는 육식주의자였다. 아저씨 때문에 집에서 고기를 먹어 본 적이 거의 없다. 밥도 아저씨는 현미밥을 먹었다. 나는 부드러운 흰쌀밥이 좋다. 뿐만 아니라 부지런한 아저씨는 쉬지 않고 일을 하거나 운동을 했다. 술을 진탕 마셔 주정 부리는 모습도 본 적이 없다. 머리만 깎으면 스님이라고 해도 될 만큼 절제된 삶을 산다. 주말마다 나와 등산, 트레킹을 가고 싶어 했지만 나는 게임, 독서, 조립 등 집에서 하는 취미를 즐겼다.

아저씨는 9급 공무원으로 시작해서 3급으로 퇴직을 했으니 직장에서도 엄청 부지런한 캐릭터였을 것이다. 의대에 다니는 누나도, 초등학교 교사였던 할머니도 게으름 피우지 않는, 나와 쉽게 어울릴 수 없는 모범생들이다. 어쨌든 법적으로는 가족이니 매주 일요일에 아파트에서 식사를 하며 같이 보내기로 했다. 주말이 돌아오지 않기를 바랐다. 며느리들이 시댁에 가기 싫어하는 마음을 알 것 같다.

저녁을 먹을 시간이라 냉장고를 열었다. 콜라, 초콜릿, 소시지, 만두 등 먹을거리가 가득했다. 아저씨가 싫어하는 음식들만 모아 놓았다. 침대에 드러누워 초콜릿을 먹고 봉지를 바닥에 던졌다. 내가 정말 해 보고 싶은 행동이었다.

청소를 하고 상자를 버리러 나갔다. 밖은 벌써 어두컴컴했고 바람이 차가웠다. 봄은 언제쯤 오는 걸까?

빌라 앞 놀이터 가로등에 불이 환하게 들어왔다. 상자를 쓰레기통 옆에 두고 돌아오는데, 한 꼬마가 그네를 타며 키득거렸다.

"산오야, 얼른 차에 타. 배달 가야 하는데 늦었어."

나보다 몇 살 많아 보이는 형이 택배 트럭 옆에 서서 시계를 들여다보았다.

"아빠, 열 번만 더 탈게."

그네를 타는 꼬마가 숫자를 세기 시작했다.

형은 꼬마의 아빠였다. 낡은 운동복, 아저씨들이 좋아하는 등산용 조끼가 형과 어울리지 않았다. 청바지를 입고 머리 스타일을 바꾸면 훨씬 훈남으로 보일 것 같았다.

"네! 지금 배달 갑니다. 늦어서 죄송합니다."

통화를 하는 형의 얼굴은 그늘이 가득했고, 생기가 없어 푸석푸석해 보였다. 마침 큰길로 소방차가 지나갔다.

"불났어요! 불났어요! 삐뽀삐뽀~ 불을 끄러 가야 해요. 삐뽀삐뽀~."

꼬마는 아빠의 기분은 아랑곳하지 않고 노래를 불렀다.

"형아, 이름이 뭐야? 난 이산오, 여섯 살."

꼬마가 나한테 손을 흔들었다. 나는 주머니에 있는 초콜릿을 건넸다.

"안녕, 난 윤도하. 초콜릿 많이 먹으면 이빨 썩어서 병원에 가서 주사 맞아야 돼."

나도 모르게 아이 팔뚝에 주사 놓는 시늉을 하고 있었다. 과자, 초콜릿을 많이 먹으면 면역력이 떨어져 몸에 해롭다고 버릇처럼 말하는 아저씨가 떠올랐다. 잔소리도 전염되는 걸까?

형이 녀석을 번쩍 안더니 트럭 운전석 옆에 태우고 출발했다. 손을 흔드는 녀석을 보니 초등학생 때가 떠올랐다. 야근이 잦았던 엄마는 나를 챙기면서 직장 생활을 하느라 주말에도 쉬지 못해 감기를 달고 살았다. 나는 엄마가 야근하는 날이면 외할머니네 집에서 잠을 자곤 했다.

아지트로 들어가는데 핸드폰이 울렸다. 학원에 갔는지 엄마가 물었다. 어제까지는 이런 전화를 받으면 갈게! 퉁명스럽게 말하며 끊었다. 그런데 지금은 쓸데없는 이야기를 주절거리며 통화를 이어 나갔다.

학원을 마치고 아지트로 돌아왔다. 베란다에 서서 밖을 보니 아파트 15층에 불이 환하게 켜져 있었다. 내 방에만 불이 꺼졌다. 엄마와 아저씨네 가족들은 지금 무엇을 하고 있을까?

시간이 없었다. 독립 첫날밤이 지나가기 전에 버킷 리스트 2번을 해야 한다. 핸드폰에 배달 어플을 깔고 치킨과 피자를 주문했다. 아파트에서는 배달 음식을 먹은 적이 없다. 아저씨 몰래 치킨을 배달시켜 먹었는데, 냄새 때문에 바로 들켰고 잔소리 폭탄을 들었다. 아저씨는 풀과 과일만 먹으면서 백 년 만 년 만수무강하려나 보다. 버킷 리스트 3번은 금요일 밤에 밤새워 게임하기. 얼른 불타는 금요일이 왔으면 좋겠다.

샤워를 하고 나왔더니 치킨과 피자가 왔다. 먼저 베란다의 커튼을 쳤다. 아저씨가 나를 감시할지 모른다.

케이크에 불을 켜고 혼자서 독립 축하 파티를 했다. 노래를 불러 줄 사람이 없어서 핸드폰으로 노래를 틀었다. 배가 고파 닭다리를 허겁지겁 먹다가 체할 것 같아 콜라를 마셨다. 닭고기가 쫄깃쫄깃하고 양념이 맛있다고 혼자 중얼거리다가 입을 다물었다. 맞장구쳐 줄 사람이 없었다. 닭다리는 서로 먹겠다고 해야 더 맛있는데 하나가 남았다. 마침 핸드폰이 울렸다. 베프 유한이가 전화로 수행 평가 범위를 물었다.

꼬마들이 떠드는 소리가 전화기 너머로 들렸다. 녀석은 새엄마와 산다. 이복동생도 여럿이라 형편이 어려워서 독립은커녕 대학 진학도 불투명하다. 돌이켜보니 부모님과의 관계가 삶의 방향을 정하는 것 같다. 그것을 운명이라고 하는 걸까? 내가 어떻게 할 수 없는, 태어날 때부터 정해진 그 어떤 것들. 아빠가 살아 있었다면 나도 평범하게 아무런 걱정 없이 살았을까? 예전에는 부모님과 사는 친구들을 부러워했다. 하지만 그 녀석들도 자신이 평범하다고 생각하지 않았고 자세히 들여다보니 누구나 고민이 있었다.

전화를 끊고 핸드폰 메모장에 저장되어 있는 버킷 리스트를 펼쳤다. 4번 삼겹살 구워 먹기, 5번 목욕탕에 가서 뜨거운 물속에 몸을 담그기.

나는 사우나 마니아다. 그런 나를 보고 친구들은 아재라고 놀렸다. 어릴 때 아빠와 주말마다 목욕탕에 가서 먹던 바나나 우유는 절대로 잊을 수 없다. 아저씨도 주말마다 목욕탕에 간다. 아저씨가 같이 가자고 할까 봐 목욕탕을 싫어한다고 거짓말했다. 왜 우리 동네에는 목욕탕이 하나밖에 없는 걸까?

독립 축하 만찬을 즐기는데, 밖이 시끄러워 문을 열고 나갔다. 4층에서 들려오는 소리였다. 조심스럽게 계단을 올라가 보니 407호 문이 조금 열려 있고, 놀이터에서 보았던 형이 서 있었다. 산오의 얼굴도 보였다.

"애가 너무 떠들고 복도 벽에 낙서한다고 다른 세입자들이 난리야! 계약할 때 애가 있다는 소리는 안 했잖아. 월세도 계속 밀려서 보증금도 사라질 판인데, 뭔가 대책을 세워야지. 아이 엄마도 없이 젊은 남자가 혼자서 애를 키울 수 있겠어?"

조물주보다 무섭다는 건물주답게 목소리가 날카로웠다. 형은 헛기침을 할 뿐이었다.

"초콜릿 형아!"

꼬마가 나를 보더니 손을 흔들었다. 형과 마주치기 전에 서둘러 내려왔다.

 도서실에서 수행 평가를 하느라 여섯 시가 훌쩍 넘어서 아지트로 돌아왔다. 미세먼지가 없는 맑은 공기인데도 아침부터 코가 막히고 재채기가 나왔다. 눈도 가려워 계속 긁었더니 눈동자가 충혈됐다. 새집 증후군 증상 같았다.

 도어락 비밀번호를 입력했는데 삐, 소리가 여러 번 울렸다. 아파트 도어락 비번을 눌렀던 것이다. 정신을 차리고 다시 입력했더니 문이 열렸다.

 할머니의 푸근한 인사 대신 어둠과 찬 기운이 나를 맞이했다. 언제쯤 적응할 수 있을까. 아파트에서는 늘 불이 켜져 있고, 온기가 돌았다. 불을 켜서 어둠을 내쫓고, 밥솥을 열었다. 어제 지은 밥에서 냄새가 나는 것 같았다. 아파트에서는 할머니가 식사 때 맞춰 지은 현미밥에서 윤기가 났다. 이제 갓 지은 밥을 먹기는 힘들 테니 햇반을 사다 먹어야겠다.

 베란다 건조대에 셔츠가 걸려 있었다. 바람에 흔들리는 깨끗한 셔츠를 보니 차가웠던 집에 따스한 바람이 부는 기분이었다. 식탁에 엄마가 남긴 메모가 놓여 있었다.

 내일은 출장이라서 못 와. 밥 잘 챙겨 먹고!

셔츠를 걷으러 베란다로 갔다가 소리를 질렀다. 셔츠에 여러 가지 물감이 묻어 있었다. 베란다 밖으로 고개를 내밀었다. 3층과 4층 사이 벽에도 물감이 묻었다. 산오의 짓이었다. 핸드폰으로 물감이 묻은 부분을 찍었다. 층간 소음, 흡연 문제 때문에 이웃과 싸운다는 뉴스가 떠올랐다.

계단을 올라가서 407호 초인종을 눌러도 대답이 없었다. 문 옆에는 크레파스로 한 낙서가 남아 있었다. 산오의 못된 버릇을 고치지 않으면 또 어떤 짓을 할지 모른다.

집으로 돌아와서 셔츠를 욕실에 던져 놓고, 과제를 하려고 노트북을 켰지만 집중할 수 없었다. 어디에선가 쿵쾅거리는 소리가 들렸고 누군가는 노래를 불렀다. 또 개도 짖어 댔다. 하루 만에 아지트를 떠나고 싶어졌다.

한 시간 정도 지나 위층에서 소리가 들려왔다. 바로 달려가서 407호 벨을 눌렀다. 누구냐고 묻기에 아래층이라고 했더니 문을 열어 줬다. 꼬마는 배가 고프다며 밥을 달라고 아우성이었다. 집 안에서 라면 냄새가 났다.

형한테 물감이 묻은 셔츠를 흔들면서 따졌다.

"산오는 아침 아홉 시에 어린이집에 갔다가 오후부터 나랑 계속 같이 있었어."

"아빠가 거짓말하면 되나요? 따끔하게 야단쳐서 버릇을 고쳐 놓아야죠. 사과만 하면 될 일인데, 계속 이러면 주인아줌마한테 말할 거예요.”

꼬마를 노려보았더니 녀석이 울음을 터트렸다.

“집주인한테는 말하지 마. 내가 다시 깨끗하게 빨아 줄게.”

형이 녀석을 달랬다. 보상은커녕 세탁해 줄 상황도 아니라서 셔츠를 들고 집으로 내려왔다.

내일 학교에 입고 가려면 서둘러야 했다. 욕실에 들어가 세면대에 물을 받고 애벌 세탁을 했는데, 하수관이 막혀서 물이 거의 내려가지 않았다. 내 마음 같았다. 오늘 입은 셔츠를 내일도 입어야겠다.

셔츠를 욕실 바닥에 던지고 침대에 누웠다. 사방에서 소음이 들려와 이어폰을 끼고 음악을 들었다.

노래 몇 곡이 끝날 때쯤, 누군가 고함을 지르고 문을 세게 두드렸다. 옆집에서 들려오는 소리 같아서 무시했는데 고함이 점점 더 커져서 이어폰을 뺐다. 밖에서 누군가가 현관문을 발로 걷어차고 있었다.

“야! 문 열어!”

현관문이 부서질 것 같았다.

지난해, 어느 날 새벽이었다. 집을 잘못 찾은 술 취한 남자가 문을 발로 차며 고함을 질러 댔다. 아저씨가 문을 열고 나가서 취객을 돌려보냈지만 지금은 도와 달라고 부탁할 사람이 없었다.

“누, 누구세요?”

인터폰 버튼을 눌러 밖을 내다보았다. 덩치가 큰 아저씨가 삿대질을 하고 있었다.

"얼른 문 열어. 오늘 다 죽여 버릴 거야!"

문을 열면 당장 들어와서 내 목을 조를 것 같았다. 아저씨는 계속 초인종을 누르고 문을 발로 걷어차면서 욕을 퍼부었다. 하지만 옆집에서 아무도 나오지 않았다. 음식이나 물건 배달이 아니면 문을 열지 않는 사람들. 경찰에 신고하려고 핸드폰을 찾았다.

"아저씨, 또 왔어요? 이 집에 살던 여자는 며칠 전에 이사 가고 새로운 사람이 왔어요."

인터폰 화면을 보니 형이 차분하게 아저씨를 달랬다. 그제야 조심스럽게 문을 열었다. 아저씨는 우리 집 현관까지 들어와 안을 살펴보았다.

"한 번 더 찾아오면 이 학생이 경찰에 신고할 거예요."

형이 목소리를 높였다. 아저씨가 미안하다고 중얼거리면서 돌아갔다.

"고마워요."

"저 남자가 행패를 부려서 여기 살던 여자가 이사를 갔어. 아마두 사람이 예전에 연인이었나 봐."

산오의 울음소리가 들리자 형이 급히 4층으로 올라갔다.

현관문을 닫고 침대에 누웠다. 독립은 쉽지 않았다. 창밖으로 로열팰리스 1501호의 환한 불빛이 보였다. 아저씨는 한 번도 원룸을 찾지 않았다.

학교를 마치고 아지트로 돌아왔다. 1층 현관문을 열고 빌라로 들어가려는데, 맞은편 건물 입구로 초등학생 몇 명이 우르르 뛰어 들어갔다. 잠시 뒤, 드림원룸 유리창에 뭔가가 부딪히는 소리가 들렸다. 자세히 보니 길바닥에 작은 플라스틱 알갱이가 굴러다녔다. 누군가가 비비탄 총을 쏜 것이다. 307호 창문이 이상 없는지 살펴보다가 벽에 묻은 물감 자국이 보였다.

서츠가 생각나 빌라 옥상으로 뛰어가서 도망치려던 아이들을 붙잡았다. 곳곳에 물감이 잔뜩 묻어 있었다.

"너희, 물총에 물감 넣어서 원룸 빌라 쪽으로 쏘았지? 사실대로 말하면 봐줄 거고 거짓말하면 경찰에 신고할 거야."

엄포를 놓으며 아이들을 노려보았다. 다들 내 눈을 피했다. 핸드폰을 들고 경찰에 연락하는 시늉을 했더니 그제야 한 녀석이 고개를 끄덕였다.

아이를 데리고 3층에 가서 아줌마에게 따졌다.

"진짜 미안해! 셔츠를 깨끗하게 빨아 줄게. 세탁이 안 되면 보상할 테니까 걱정하지 마."

엄마가 아이의 머리를 쥐어박았다.

"단단히 혼내 주세요. 아이들이 장난으로 물건을 던지면 창문이 깨질 수도 있고, 누군가 맞을 수도 있어요."

말을 하는데 자꾸 재채기가 터져 발음이 정확하지 않았다.

집으로 들어가자마자 욕실 바닥에 던져 놓은 셔츠를 찾았지만 보이지 않았다. 집 안을 둘러보니 베란다 건조대에 셔츠가 걸려 있었다. 얼룩은 감쪽같이 보이지 않았다. 엄마가 시간을 내서 다녀간 것 같았다.

욕실에 들어가 손을 씻고 물을 내렸다. 세면대의 물이 하수구로 잘 빠졌다. 욕실은 머리카락 하나 없이 말끔히 청소가 되어 있었다. 역시 나를 챙기는 사람은 엄마밖에 없었다.

식탁에는 여러 가지 과일과 샐러드가 있었다. 전기 레인지 인덕션 위에는 주전자가 놓여 있었다. 인덕션은 전원을 꺼도 삼십 분 정도 뜨거운 열이 남아 있어서 그 덕분에 주전자도 식지 않았다.

뜨거운 김이 올라오는 차를 마셨더니 몸이 따스해졌다. 갑자기 엄마가 생각나서 핸드폰에 저장된 엄마 사진을 보았다. 평소에는 몰랐는데 엄마 머리에 새치가 있었다. 다음에 뽑아 줘야겠다. 바람이 차가워 베란다 창문을 닫다가 산오가 떠올랐다. 녀석은 엄마가 보고 싶지 않을까? 녀석한테 오늘 밤에 사과를 해야겠다.

학원에 다녀왔더니 빌라 앞에 택배 트럭이 서 있었다. 집에 가방을 놓고 과일과 샐러드를 챙겨 4층으로 올라가는데 날카로운 비명이 들렸다. 곧이어 형이 펑펑 우는 산오를 안고 내려왔다.

"전기 레인지에 산오가 손을 데였어. 당장 병원에 가야 해."

산오가 의자에서 장난을 치다가 넘어지면서 전기 레인지에 손바닥이 닿았다고 한다.

"같이 병원에 가 줄 수 있어? 운전하느라 산오를 챙길 수가 없어."

나는 산오를 안고 트럭에 올랐다. 형은 빠르게 큰길을 벗어나 가까운 종합 병원으로 향했다.

어릴 때, 혼자 집에서 놀다가 다쳤을 때 옆집 아줌마가 도와줘서 병원에 갔었다. 원룸 빌라에는 도움을 줄 사람이 없었다.

병원 응급실에 도착했다. 의사는 신속하게 산오를 살펴보았다.

"다행히 큰 화상은 아닌데 아이는 피부가 약해서 더 아플 거예요."

간호사가 산오의 손에 약을 바르고 붕대로 감았다. 녀석은 울지 않고 잘 참아 냈다. 아프면 엄마가 더 그리울 텐데도 엄마를 찾지 않는 산오. 엄마를 만나지 못한다고 포기한 것일까?

치료가 끝나 산오를 안고 주차장으로 갔다.

"고마워. 공부해야 할 텐데 신세를 졌어."

"어제 무턱대고 화내서 죄송해요. 앞집 아이들이 물총 놀이를 하다가 셔츠를 망쳐 놓았대요."

"괜찮아. 오해가 풀렸으니까 됐어."

트럭에 올라 주차장을 빠져나가는데 형의 핸드폰이 울렸다. 배달한 물건이 없어졌다고 고객이 고함을 지르면서 당장 오지 않으면 경찰에 신고하겠다고 화를 냈다.

"일을 해결하고 올 테니까 산오 좀 챙겨 줘."

형이 트럭을 원룸 빌라 앞에 멈추었다. 나는 산오를 안고 차에서 내렸다. 생각보다 많이 가벼웠다.

녀석이 주머니에서 사탕을 꺼내 나한테 내밀었다.

"오늘 어떤 할아버지가 준 사탕인데 형아 줄게."

녹차로 만들어서 몸에 좋다는 웰빙 캔디였다.

307호로 들어갔다. 냉동실에 넣어 둔 피자와 치킨을 전자레인지에 데워서 산오한테 줬다. 녀석은 콜라와 함께 맛있게 먹었다.

"피자만 먹지 말고 과일이랑 채소도 먹어야 몸이 튼튼해져."

"낮에 어떤 할아버지도 과일 먹으라고 했어. 그 할아버지가 그네도 밀어 줬어. 할아버지 보고 싶다."

녀석이 하품을 하면서 침대에 눕더니 바로 잠들었다. 산오의 이마에 맺힌 땀방울을 손으로 훔쳤다.

창밖을 내다보니 아저씨가 아파트 베란다에 서 있었다. 나는 커튼을 쳤다. 산오가 있다는 것을 알면 엄마가 당장 달려올 테니까.

수행 평가를 끝낼 무렵 형이 왔다. 형한테서 땀 냄새가 났고, 자세히 보니 처음 본 날보다 살이 더 빠지고 눈이 퀭했다. 형이 산오를 안고 407호로 갔다. 나는 녀석의 옷을 챙겨 뒤따라갔다. 형네 집은 깔끔하게 정리가 잘 되어 있었다.

"물건을 집 앞에 뒀는데, 아들이 들고 간 것을 확인도 안 하고 나한테 따졌던 거야. 아들하고 대화를 안 하니 알 수가 없었겠지."

형이 맥주를 마셨다. 그 고객은 형한테 사과도 제대로 안 했다고 한다.

"택배 일 힘들지 않아요?"

"힘들어도 해야 돼. 저녁에는 산오를 봐 줄 사람이 없어서 같이 다녀야 하거든."

형이 맥주를 마시며 이야기를 이어 나갔다.

"일을 하다가 길에서 산오 엄마를 만날지도 모른다는 기대를 해. 산오한테 엄마를 보여 주고 싶고, 애 엄마한테 산오를 잘 키웠다고 자랑하고 싶어. 그런데 일 년 넘게 한 번도 본 적이 없어."

형이 내 시선을 피해 창밖을 내다보았다.

형은 집세가 싼 곳으로 이사를 가고 싶어도 산오 엄마가 찾아올까 봐 못 떠난다고 했다. 형과 산오한테는 엄마를 만나는 일이 버킷 리스트 1번이었다.

"고등학생이 왜 혼자 원룸에서 살아?"

형한테는 친구들한테 하지 못한 집안 이야기를 털어놓아도 될 것 같았다.

"부럽네. 우리 엄마는 몸이 안 좋은데도 일하느라 산오를 봐 줄 수 없어."

형은 주변의 도움 없이 혼자 산오를 키웠다. 엄마는 어떻게 혼자서 나를 키웠을까? 엄마 목소리를 듣고 싶은 밤이었다.

"사람들은 미혼부를 안 좋게 봐. 남자가 때렸거나 문제가 있어서 여자가 도망쳤다고 생각하지. 산오 엄마는 가난을 견디지 못했어. 어디에선가 잘살기를 바랄 뿐이야."

형이 손등으로 눈가를 훔쳤다.

분위기를 바꾸고 싶어서 집에 가서 가스버너와 불판을 가져와 삼겹살을 구웠다. 금세 고기 냄새가 풍겼다. 내가 사랑하는 향기였다. 집에서 삼겹살을 구워 먹는 것은 엄마의 재혼 이후 처음이었다. 고기 익는 소리가 경쾌했다.

그사이에 산오가 눈을 비비며 일어났다. 형이 살코기만 잘라서 산오의 숟가락에 올려놓았다. 산오는 맛있다고 하더니 "헬로카봇 합체!"를 외치며 춤을 췄다. 역시 삼겹살은 여럿이 먹어야 제맛이다.

"오후에 산오랑 점심 먹으러 집에 왔는데, 어떤 아저씨가 스패너를 빌리러 왔어. 307호에서 뭘 고치시던데. 산오를 엄청 좋아하시더라."

"수리 센터 아저씨인가 봐요."

"수리 센터 직원은 아니야. 과일이랑 주전자까지 들고 오셨어."

도어락 비밀번호를 아는 사람은 나, 엄마, 아저씨 세 명뿐이다. 형에게 아저씨 사진을 보여 주려고 핸드폰 사진함을 뒤적였지만 같이 찍은 사진이 없었다. 형이 아저씨의 옷차림, 외모를 구체적으로 말했다. 아저씨가 확실했다. 셔츠를 빨고, 세면대 하수구를 고치고, 차를 끓이고 청소까지 했나 보다.

"할아버지한테 헬로카봇이랑 번개맨 노래 알려 줬어."

산오가 할아버지와 어떻게 놀았는지 자랑했다.

말도 없고, 표정이 딱딱해 가까이하기 쉽지 않은 아저씨가 꼬마와 노는 모습을 상상할 수 없었다. 또 재채기가 나와서 손으로 입을 막았다. 손바닥에 덩어리 가래가 묻어 있었다.

집으로 돌아와 설거지를 하는데 막냇삼촌이 전화를 해 왔다. 나이 차가 크지 않아 형 같은 삼촌이었다.

"독립했으니까 놀러 와. 아빠가 남겨 주신 돈으로 전세금을 냈어."

"형님이 번 돈은 병원비로 거의 다 썼을 텐데……."

삼촌이 말꼬리를 흐렸다. 그렇다면 원룸 전세금은 아저씨의 돈이었다.

아침 자습 시간 때부터 배가 아파 화장실을 들락거렸다. 도저히 수업을 들을 수 없어서 조퇴를 하고 집으로 왔다. 어젯밤에 코도 심하게 막혀 잠도 제대로 자지 못해 기운이 없었다. 몇 년 동안 없던 증상이었다.

엄마에게 연락하려다가 말았다. 출장 중인 엄마가 걱정할 테니.

어젯밤에 먹은 고기 때문에 탈이 난 것 같아 형에게 전화했다. 형과 산오는 문제가 없었다. 침대에 누웠다가 또 배가 아파 화장실로 달려갔다. 몇 번째 설사인지 기억도 나지 않는다. 몸 안의 모든 수분이 빠져나가는 것 같았다.

복도에서 번개맨 노래가 들려왔다. 박자와 리듬이 엉망이었고 경쾌하지도 않았다. 다시 침대에 누웠다. 견디기 힘들어 엄마에게 전화를 하려고 할 때 이상한 노랫소리가 가까이에서 들리더니 문이 열렸다. 아저씨가 들어왔다.

"어디 아프냐?"

더듬거리면서 아저씨에게 증상을 말했다.

"어젯밤에 뭘 먹었냐?"

"피자, 치킨, 삼겹살……. 그런데 같이 먹은 위층 형은 괜찮고 저만 아파요."

말할 힘도 없어서 겨우 입을 열었다.

"도하는 비염도 심하고 알레르기가 있어서 음식을 조심해야 돼. 그래서 면역력이 높아지는 채식과 현미밥을 권한 거야. 삼겹살이 몸에 맞지 않는 사람도 있고, 안 먹다가 갑자기 먹어서 탈이 난 거지."

이사 온 뒤부터 코가 막히고 콧물이 난 이유를 알았다.

아저씨가 병원에는 가지 않아도 될 것 같다며 나가서 약을 사 왔다. 약을 먹고 누웠다. 침대 머리맡에 앉아 나를 챙기는 아저씨를 보니 아빠가 생각났다. 아저씨가 주전자에 물을 가득 넣고 차를 끓였다.

"작두콩 차는 알레르기 체질 개선에 도움을 주지. 한 잔 마시고 자면 속이 편해질 거다."

아저씨의 말을 듣다 보니 잠이 쏟아졌다.

일어나 보니 아저씨는 없었고 차 덕분인지 배탈이 가라앉았다. 배가 고파 먹을 것을 찾으니 전기 레인지에 냄비가 놓여 있었다. 아저씨가 야채죽을 끓여 놓았다. 무심코 거울을 보니 며칠 사이에 이마와 입가에 여드름이 더 많아져서 멍게 같았다. 냉장고에 있는 치킨과 피자를 쓰레기통에 버렸다.

죽을 조금 먹고 다시 침대에 누워 있는데 누군가 초인종을 눌렀다. 산오와 형이었다.

"할아버지 안 왔어요? 게임하기로 했는데 어린이집이 늦게 끝났어요."

산오가 집을 둘러보면서 아쉬워했다.

"몸은 좀 괜찮아? 당분간 밤에 택배 물건 정리를 해야 하는데, 산오를 봐 줄 사람이 없어. 큰일이야."

형이 나에게 약을 건네는데 형의 핸드폰이 울렸다. 배달이 늦는다는 항의 전화였다. 도움을 주고 싶어 고민하는데, 전기 레인지 위에 있는 냄비가 눈에 띄었다.

"베이비시터로 추천할 사람이 있어요."

아저씨에게 전화를 했다.

"아저씨가 죽을 끓이고 나서, 열이 식지 않은 전기 레인지에 산오가 화상을 입었어요. 며칠 동안 봐 주셔야 할 것 같아요."

아저씨가 당장 오겠다며 전화를 끊었다.

"거짓말을 해도 될까?"

형이 물었다.

"퇴직해서 할 일도 없으시고, 아저씨도 산오를 좋아하잖아요."

아무리 찾아봐도 밤늦게까지 아이를 맡아 줄 어린이집이 없다고 형이 하소연했다. 미혼부를 지원하는 단체도 많지 않아 혼자 아이를 키우기가 쉽지 않아 보였다.

급히 아지트로 온 아저씨가 붕대 감은 산오의 손을 보더니 어쩔 줄 몰라 했다.

"어떻게 보면 내 잘못이기도 하니까 병원비를 보탤게요. 당분간 저녁마다 산오를 봐 줄 테니 아빠는 편히 일해요."

형은 아저씨에게 고맙다고 여러 번 말하고 일하러 갔다. 아저씨와 산오가 놀이터로 내려갔다. 밖을 내다보니 산오가 아저씨한테 "번개~ 파워!"를 외쳤다. 아저씨가 쓰러지는 시늉을 하며 웃었다. 저렇게 경쾌하게 웃는 모습은 처음 보았다.

일요일 아침이었다. 일어나 보니 열한 시가 넘었다. 몇 년 만에 늦잠을 잤더니 상쾌했다. 아파트에서는 주말에도 할머니와 아저씨가 일찍 일어나 새벽부터 시끄러웠고, 왠지 눈치가 보여서 늦잠을 잘 수 없었다.

창문으로 들어오는 바람이 어제보다 포근했고 햇살도 더 따스했다. 천천히 봄이 오고 있었다. 저녁에는 아파트에 가서 밥을 먹어야 한다. 일주일 만에 가려니 더 어색했다.

놀이터에는 아이들로 붐볐다. 엄마 아빠와 노는 아이들 사이에서 산오가 우두커니 서 있었다. 큰 소리로 산오를 불렀다. 녀석이 손을 흔들며 아지트로 달려왔다.

"어제는 아파트에서 할아버지랑 놀았어. 큰 할머니도 좋아."

산오는 어제 저녁 병원에 가서 붕대를 풀었다고 했다. 화상 자국이 거의 사라졌고 그 둘레로 살이 올라왔다.

택배 배달을 쉬는 날이라서 산오네와 함께 밥을 먹기로 했다. 아저씨가 갖다 놓은 현미밥과 나물들로 비빔밥을 만들었다. 현미밥과 채소, 과일 위주로 먹었더니 재채기를 덜했고 속이 편했다. 아저씨는 어떤 의사 못지않게 실력이 있었다.

"매일 라면만 먹다가 도하랑 아저씨 덕분에 정말 잘 먹었어. 산오도 좋은 음식을 먹었더니 화상도 금방 나았잖아. 좋은 아버지를 둔 도하가 부러워."

형이 설거지를 했다. 산오는 핸드폰으로 헬로카봇 동영상을 보며 춤을 췄다. 고요했던 원룸에 활기가 돌았다.

"나는 우리 엄마가 사는 동네로 이사 가. 엄마랑 나랑 일하는 시간이 다르니까 급할 때는 엄마가 산오를 돌봐 줄 수 있거든. 이 동네에서는 산오 엄마를 본 적이 없지만, 그 지역에서 배달을 하다 보면 산오 엄마를 만날 수 있을지도 모르고……."

형과 산오의 운명을 생각해 보았다. 두 사람이 운명과의 싸움에서 당당하게 이겼으면 좋겠다.

형은 빌라 1층 입구에 '산오를 만나고 싶다면 307호로 와 달라!'는 작은 안내문을 붙여 놓기로 했다. 누군가 찾아오면 내가 형한테 연락해 주면 된다.

집을 구하려면 시간이 촉박했다. 산오를 데리고 가면 집주인들이 싫어한다며 나한테 봐 달라고 부탁했다. 산오가 베란다에 서서 형에게 손을 흔들었다.

"형아, 우리도 목욕탕에 가자! 할아버지는 산에 놀러 갔어."

산오가 아빠와 목욕 바구니를 들고 걸어가는 꼬마의 뒷모습을 바라보았다. 아저씨는 지금쯤 등산을 하고 있을 시간이었다.

삼 년 만에 동네 목욕탕을 찾았다. 뜨거운 습기 냄새가 좋았다. 아들과 함께 온 아저씨가 많았다. 산오는 헬로카봇 장난감을 들고 탕 속에 들어가 놀기 바빴다. 나는 샤워를 하면서 자꾸 주변을 두리번거렸다. 아저씨는 보이지 않았다.

탕에 앉아 때를 불리고 밖으로 나와서 때수건으로 산오의 등을 세게 밀었다. 녀석은 아프다고 투정을 부렸다.

"하부지!"

산오가 문 쪽을 보면서 손을 흔들었다. 아저씨가 목욕 바구니를 들고 들어왔다. 나는 머쓱하게 웃으며 고개를 숙였다.

"산오한테 목욕탕에 가고 싶다고 말하라고 시켰어."

아저씨가 산오의 머리를 쓰다듬었다. 산오가 또 헬로카봇을 외치며 춤을 췄다.

아저씨는 내가 아파트에 가는 날이라서 식사 준비를 하려고 등산을 가지 않았단다. 아저씨가 때수건으로 내 등을 밀어 줬다. 산오는 작은 손으로 아저씨의 등을 밀었다. 묵은 때가 벗겨지는 듯 시원했다. 목욕탕에서 누군가 내 등을 밀어 주는 것은 아빠가 세상을 떠난 이후 처음이었다.

"하부지, 때가 많이 나와! 지우개야!"

산오가 놀려 댔다.

"어릴 때 누군가와 목욕탕에 같이 가서 때를 미는 것이 소원이었어. 요즘 말로 버킷 리스트 1번이지. 아토피가 심해서 대인 기피증에 걸렸고, 전염병 환자 취급을 받아서 목욕탕에 갈 수도 없었어."

아저씨가 중학생 시절의 이야기를 들려줬다.

원래 알레르기 체질인데 형편이 어려워서 몸에 나쁜 라면 같은 음식만 먹었더니 아토피가 심해졌다고 한다. 아저씨가 왜 예민하게 음식을 챙겼는지 알 것 같다.

아저씨는 어린 시절 얼굴, 목, 팔에 아토피 자국이 너무 많아 사람들 앞에 서는 것이 싫었다고 담담하게 말했다. 그러다 보니 또래 친구가 없어서 산오 같은 꼬마들과 놀았나 보다. 다섯 살짜리들은 외모로 사람을 차별하지 않으니까.

그때 아저씨가 할 수 있는 일은 공부밖에 없었다고 했다. 대학교를 졸업하면서 성격을 고치고 싶어서 가장 먼저 아토피 치료를 시작했다. 고기 대신 채소와 과일을 먹고, 인스턴트 음식, 과자, 술을 피했더니 알레르기 체질이 조금씩 개선됐다. 하지만 예전에는 남자가 채식을 한다고 하면 유난 떤다고 눈총을 많이 받았다고 하소연했다. 회식 분위기를 깬다고 욕하는 사람도 많았고 술자리에 부르지도 않았단다. 그럴수록 아저씨는 더 열심히 공부하고 밤늦게까지 일해서 승진을 한 것이다.

"널 보면 내 청소년기가 떠올라서 더 음식 잔소리를 했어."

이번에는 내가 아저씨 등을 밀 차례였다. 손에 힘을 주고 박박 밀었다. 등에는 아직도 군데군데 아토피 자국이 남아 있었다. 꾸준히 운동하고, 음식을 잘 챙겨 먹은 덕분에 아저씨 몸은 이십 대처럼 좋았다. 뱃살도 나오지 않았다. 산오가 내 배를 만지면서 똥배라고 놀렸다.

목욕을 마치고 밖으로 나와서 옷을 갈아입는데, 핸드폰이 울렸다. 형이 좋은 집을 싸게 구했다는 기쁜 소식을 알려 왔다. 이제 형과 산오의 버킷 리스트 1번이 이루어질 차례였다. 형에게 아파트에서 저녁밥을 먹자고 답문을 보냈다. 나와 아저씨, 산오는 바나나 우유를 마시며 목욕탕을 나와 아파트로 향했다.

다섯 명은,
이미

"십 분 뒤에 끝나니까 답안지 정리해!"

선생님이 말했다.

한숨을 내쉬며 시험지를 보았지만 시선이 흔들려 시험지에 적힌 알파벳이 또렷하게 보이지 않았다. 대신 숫자 1과 2를 보니 112가 떠올랐다. 핸드폰을 꺼내 그놈을 경찰에 신고하면 어떻게 될까?

"정민주가 계속 펜으로 책상을 두드려서 문제를 풀 수가 없어요."

뒤에 앉은 누군가가 짜증을 냈다. 나도 모르게 한숨을 쉬고, 다리를 떨며 정서불안 환자처럼 이상한 행동을 반복했나 보다.

"시험이 어려우면 그럴 수 있지."

오현아가 작게 중얼거렸다.

따스한 말투 덕분에 급하게 뛰던 가슴이 차분해졌다. 정신을 차리고 다시 시험지를 보았다. 풀지 못한 문제가 절반이 넘어서 할 수 없이 답안지에 모두 3번으로 표기했다. 한숨을 쉬며 고개를 창밖으로 돌렸다. 사방이 잿빛으로 물들었고 흰 눈이 흩날렸다. 곧 겨울 방학이 시작된다. 새해가 되면 3학년, 진짜 수험생이다. 그 일만 해결된다면 전교 꼴찌를 해도, 대학에 가지 않아도 좋을 텐데.

다음 주부터 과외를 받기로 했지만 그 일을 해결하지 못하면 다 부질없는 짓이다. 엄마는 예약을 하고도 한 달 동안 기다려야 하는 유명한 점집에 다녀왔다. 복채로 오십만 원을 받은 선녀 보살이 내 사주에 활인이 들어 있어서 의사가 적성에 맞는다고 했단다. 그 보살은 미래를 내다보는 실력이 떨어졌다. 내가 협박을 당할 거라는 예언을 하지 않았으니까.

교문 앞을 지나가던 남자가 걸음을 멈추고 교실을 바라보았다. 혹시 그놈이 아닐까?

그놈은 내가 어느 학교에 다니는지 알고 있었다. 돈을 뜯어내려고 전화를 한 것 같다.

종이 울렸다. 시험이 끝났다며 호들갑 떠는 아이들의 들뜬 목소리가 귀에 거슬렸다. 시험지를 찢어서 쓰레기통에 버리고 복도로 나갔다.

"시험 못 봤어? 아니면 무슨 일이 있어?"

현아가 초콜릿을 내밀었다. 이렇게 따뜻한 아이인지 미처 몰랐다.

저번에 화학 실험을 마치고 보고서 작성을 하다가 의견이 맞지 않아 말싸움한 일이 흐릿해졌다. 현아와 1학년 때부터 같은 반이었지만 친하기는커녕 다툼이 많았다. 현아는 나를 이기려고 과외를 받았지만 성적이 오르지 않았다. 이상하게 우리는 자주 얽혔다. 문예부 활동도 같이했고, 등록한 독서실도 같았다.

현아가 준 초콜릿을 입에 넣었다. 단맛보다는 쓴맛이 강했다. 초콜릿에서 쓴맛이 난다는 걸 처음 알았다. 입안이 텁텁해 콜라를 마시고 싶었다. 그놈의 연락을 받은 뒤부터 콜라를 물처럼 마시고 있다.

가슴이 답답해 복도 창문을 열었다. 바람이 차가웠지만 춥지 않았다. 창밖으로 고개를 내밀고 아래를 내려다보았다. 누군가가 뛰어내리라고 손짓하는 것 같았다. 5층에서 떨어지면 죽을까? 고층 아파트에서 투신하는 사람들의 마음을 조금 알 것 같다.

"오현아가 왜 너한테 친한 척이야? 시험 스트레스로 미쳤나 봐."

수진이가 어깨동무를 했다.

베스트 프렌드라도 그 일을 차마 말할 수 없었다. 연락이 안 돼 불편했다며 전화기 전원을 켜라고 재촉하는 수진. 시험에 집중한 다는 핑계로 전원을 꺼 놓고 그놈의 연락을 피했다. 그놈이 보낸 수많은 메시지를 읽을 자신이 없었다.

청소 시간이라 담당 구역으로 가는데 상담실 팻말이 눈길을 끌었다. 평소에는 보이지 않던 곳, 이상한 아이들이 찾는 곳이라고 생각해 가까이 가 본 적도 없다.

상담실 옆 게시판에 학교 폭력, 성폭력을 당했으면 바로 신고하라는 안내 포스터가 붙어 있었다. 포스터 속 사진에는 교복을 입은 또래 아이들이 환하게 웃었다. 나도 상담을 받으면 저 아이들처럼 밝아질 수 있을까? 아무리 살펴보아도 포스터에는 내 고민에 대한 안내가 한 줄도 적혀 있지 않았다. 여고생이 그런 일의 피해자가 되는 경우는 거의 없기 때문일까? 다리에 힘이 풀리고 한숨도 나왔다. 그래도 상담실에 가면 문제가 해결될 것 같아 들어가려고 했지만, 주변을 지나다니는 아이들이 많아 문을 열 수 없었다.

집에는 아무도 없었다. 교복을 벗지도 않고 침대에 누웠다. 잠이 오기는커녕 가슴이 빠르게 뛰어서 숨쉬기도 힘들었다. 그놈의 연락을 받은 뒤로 며칠째 잠을 자지 못해 어깨가 결리고 뒷목이 뻣뻣했다. 침대에 누우면 바로 잠들던 때가 그리웠다.

처방전 없이 수면제를 살 수 있을까? 생각하는데 감기약에 수면제 성분이 있다는 이야기가 떠올라 서랍 속, 약을 꺼내 물 없이 삼키고 침대에 누웠다. 하지만 잠들려고 애쓸수록 정신이 또렷해졌다. 누군가 가슴을 세게 짓누르는 것 같았다. 숨쉬기 힘들어서 버럭 소리를 지르며 일어나 방 안을 서성거렸다.

그때 집 전화가 울렸다. 받지 않았다. 끊겼던 전화가 다시 요란하게 울렸다. 신경이 예민해졌다. 시끄럽게 울리는 소리가 전화를 받으라고 다그치는 것 같아 거실로 나가 수화기를 들었다.

"정민주, 휴대폰이 꺼져 있어서 집으로 전화했어. 시험은 잘 봤어?"

그놈은 집 전화번호까지 알고 있었다. 연락을 피한다고 해서 해결될 일이 아니었다.

"원하는 게 뭐예요?"

손이 부들부들 떨려 전화기를 떨어뜨릴 뻔했다. 현관문 도어록을 열고 그놈이 들이닥칠 것만 같아 집 안을 두리번거렸다. 엄마 아빠가 환하게 웃는 가족사진이 벽에 걸려 있었다.

"시험 준비하느라 바빴지? 어디에 사는지도 알고 있으니까 피하려고 하지 마."

그놈이 입을 열 때마다 밧줄로 목을 조르는 듯 숨이 막혔다.

"집으로 연락하지 말아요. 핸드폰을 잘 받을게요."

목소리가 떨려 발음이 정확하지 않았다. 그놈이 큰 소리로 웃어 댔다.

며칠 전, 그놈은 발신자 흔적이 남지 않도록 공중전화를 통해 처음 연락을 해 왔다.

중고 핸드폰을 사서 삭제된 파일을 복원했는데, 그 안에 나와 남친의 은밀한 동영상이 저장되어 있다고 말했다. 사귀다가 헤어진 오빠가 핸드폰을 잃어버린 일이 떠올랐다. 그놈이 하는 말은 다 사실이었고, 너무 놀라 전화를 끊어 버렸다. 이튿날부터 기말고사가 시작이었다. 그놈 때문에 시험을 망칠 것 같아 엄마와 친구들에게는 시험에 집중한다고 하고 핸드폰 전원을 꺼 놓았다.

"몰카 동영상이 있다는 말, 믿을 수가 없어요."

오빠가 멀티방에서 몰래 촬영했을 리가 없다.

"인터넷에 올릴 테니 직접 다운 받아서 보고 싶어? 남친은 찢어진 청바지를, 넌 노란색 남방을 입었잖아."

그놈은 그 공간에 같이 있던 사람처럼 자세하게 알고 있었다.

돌이켜 보니 그놈 말처럼 멀티방 벽은 핑크색으로 칠해져 있었다. 튀는 색이었고 분위기가 야릇해서 기억에 남았다. 뿐만 아니라 빨간색 비닐 포장지에 담긴 콘돔을 사용한 것도 알고 있었다.

멀티방에 가기 전, 고3인 남친과 마트에서 빵과 커피를 사고 계산대 옆에 있는 콘돔을 꺼냈다. 엄마 또래의 계산원이 우리를 흘겨보더니 콘돔을 사려면 신분증을 보여 달라고 했다. 콘돔은 나이 구분 없이 살 수 있다고 오빠가 말했지만 아줌마는 절대로 안

된다며 눈을 부라렸다. 뒤에 서 있던 아저씨가 혀를 차는 것 같았다. 성범죄자가 된 것 같아 우리는 도망치듯 나왔다.

편의점에 들어갔지만 아빠 또래의 아저씨가 계산대를 지키고 있었다. 콘돔 대신 랩을 사용했다는 친구 이야기가 떠올랐다. 고민 끝에 지하철역 화장실에 있는 콘돔 자판기를 이용했다. 그런 우여곡절이 있어서 콘돔 포장지를 생생하게 기억한다.

그놈이 핸드폰 메모장에 적혀 있는 내 메일 계정으로 사진 한 장을 보냈다고 했다. 핸드폰 전원을 켜서 메일에 접속해 확인했더니 동영상을 캡처한 사진이다. 선명하지 않았지만 벌거벗은 여자가 웃으면서 남자와 껴안은 모습이었다. 얼굴이 나와 비슷했고, 벽은 옅은 핑크색이었다.

"경찰에 신고하면 동영상을 외국 포르노 사이트에 팔아 버릴 거야. 그 사이트는 외국에 서버가 있어서 한국 경찰이 잡기 힘들어. 제목은 A고 화끈 여고딩 어때? 차라리 화끈녀 정민주로 할까?"

녀석이 미친놈처럼 웃어 댔다.

학교 연관 검색어에 A고 몰카, 화끈 여고딩이란 단어가 오를 수도 있다. 원하는 것을 물었지만, 그놈은 내일 다시 연락하겠다고 하면서 전화를 끊었다.

오빠에게 핸드폰으로 연락했지만 며칠째 통화가 안 됐고, 수능 보기 직전부터 지금까지 SNS에 새로 올라온 게시물은 없었다. 경찰에 오빠를 신고할 수도 없다. 그러면 사건이 세상에 알려진다.

잠시 뒤, 현관문 도어록 누르는 소리가 들려 방으로 들어와 문을 잠갔다. 등줄기로 식은땀이 흘렀다. 곧 엄마 목소리가 들렸고, 나는 한숨을 쉬며 다시 거실로 나왔다.

"성적 떨어진 거 아니지? 이제부터 일 년 동안은 체력 싸움이야! 앞으로는 연애하지 말고 공부에 집중해."

엄마가 값비싼 홍삼 원액을 내밀었다. 벌써부터 입안에 쓴맛이 감돌았다. 엄마 몰래 버린 한약도 많았다.

할머니 댁에 다녀오면 엄마의 얼굴은 어두웠다. 의사, 교수인 고모들은 전문대 출신인 엄마를 가사 도우미처럼 취급해 오늘도 혼자 김장을 하고 왔을 것이다. 그럴수록 엄마는 아빠와 싸움이 잦았고 점점 나한테, 정확히 말하면 내 성적에 집착했다.

방문을 닫고 침대에 누웠다. 베개에 머리카락이 많이 떨어져 있었다. 9월 초, 성적 스트레스로 원형 탈모가 와서 치료를 받았다. 병원에서 당분간 쉬어야 한다고 했지만 휴식 방법을 몰랐다. 그때 독서실에서 오빠를 만났다.

어깨가 결려 옥상에서 스트레칭을 하고 있는데, 오빠가 운동법을 알려 줬다. 오빠도 의대를 목표로 공부하느라 힘들다며 틈틈이 맨손 체조를 했다. 오빠는 개그 프로그램의 유행어를 따라하며 말하는 버릇이 있었다. 오빠와 얘기를 나누다 보면 웃음이 끊이지 않았고, 피곤할 때 오빠의 어깨에 기대어 자고 싶었다.

공부 스트레스를 받아도 오빠를 만날 시간을 기다리며 견뎠다. 오빠도 나와 같은 마음이라는 것을 알게 됐고 연애를 시작했다. 멀티방에서 오빠와 첫 관계를 맺는 동안은 시간이 멈추기를 바랐다. 그런 짜릿한 경험은 처음이었다. 오빠의 품은 세상에서 가장 편안한 휴식처였다.

그 이후 오빠에게 좋은 모습을 보이고 싶어서 더 열심히 공부했고, 중간고사에서 전교 순위가 올라갔다. 오빠도 수능 준비에 더 매진했다. 연애를 하면 성적이 떨어진다는 말이 거짓이란 걸 우리가 증명했다. 하지만 오빠와의 달콤한 시간은 길지 않았다. 엄마한테 연애하는 것을 들키고 말았다. 엄마가 나 몰래 내 핸드폰을 확인했던 것이다. 독서실에 찾아온 엄마가 사람들 앞에서 오빠를 야단쳤고, 오빠네 엄마에게도 연락했다. 오빠네 엄마도 만만찮아서 오빠와 헤어지지 않으면 학교에 찾아와서 망신을 주겠다고 엄포를 놓았다. 엄마들의 성화에 우리는 점점 지쳐 갔다. 오빠는 수능 이후에 만나자며 먼저 연락을 끊었다.

오빠와 헤어진 뒤 다시 성적 스트레스가 쌓였고, 그럴수록 더 오빠가 생각났다. 수능 성적이 발표되면 연락하려고 했지만 이번 일로 완전히 오빠를 마음에서 지웠다. 그 새끼는 지금도 어디에선가 몰래 촬영하고 있을지도 모르지만 막을 방법이 없었다.

어떻게든 이번 일을 아무도 모르게 해결해야 한다. 핸드폰으로 인터넷에 접속해 '몰카 동영상'을 검색했다.

몰카 관련 범죄 기사가 많았는데 몰카 동영상을 '리벤지 포르노'라고도 부른다고 했다. 남자가 헤어진 여자 친구에게 복수하려고 동영상을 인터넷에 공개하기 때문에 복수라는 뜻의 영어 단어 리벤지(revenge)가 붙었단다. 그런데 포르노라는 단어가 눈에 거슬렸다. 사람들은 몰카 피해 여성을 포르노 배우라고 여기고 있었다. 만약 그놈이 동영상을 유포하면 창밖으로 뛰어내리는 것 말고는 해결 방법이 없다.

기사에는 디지털 장의사라는 별명이 붙은 동영상 삭제 전문가인 한 외국인의 인터뷰도 있었다. 삭제 전문가가 몰카 피해 여성에게 연락했더니 백 명 중 다섯 명은 이미 자살한 뒤라고 적혀 있었다. 특히 성매매 여성의 피해가 컸다. 동영상이 있다는 것을 알면서도 성매매가 범죄라서 경찰에 신고하지 못하나 보다.

'성매매하는 여성이 몰카 피해자? 돈 벌려고 했으니 자업자득!'이라고 적힌 댓글이 가장 많은 추천을 받았다. 더 검색해 보니 여고생의 사연이 나온 기사도 있었다. 성관계하는 모습을 남친이 몰래 촬영했고, 헤어진 뒤 동영상을 인터넷에 올린 것이다. 신상 정보가 공개된 여고생은 학교를 자퇴하고 정신 병원에서 치료를 받고 있었다. 여고생 이름 A양 대신 내 이름을 넣고 기사를 다시 읽었다. 손이 떨렸고, 자살이라는 단어만이 머릿속을 스쳐 지나갔다. 댓글에는 여고생을 욕하는 악플이 많았다.

– 여고생이 벌써 남자랑 자? 공부 안 하고 밝힌 여고딩의 당연한 최후!

그 댓글에 찬성이 9백 개가 넘었다. 나는 로그인을 해서 반대 버튼을 누르고 답글을 달았다.

– 몰카를 찍고 유포한 놈을 욕해라. 여고생은 성관계하면 잡아간다고 헌법에 나왔냐? 그리고 여고생 혼자 성관계했냐?

악플마다 반대 표시 버튼을 누르고 답글을 다느라 정신이 없는데, 핸드폰 화면에 페이스북 쪽지가 왔다는 표시가 떴다.

화끈 고딩녀! 우리 한번 하자. 신음 죽이던데!
학교 근처에 사는 오빠야. 조건 가능!

그놈이 페이스북 아이디를 아는 것은 어려운 일이 아니다.

버스에서 내려 학교로 걸어갔다. 지각이지만 뛰지 않았다. 감기약 여러 개를 먹어도 깊이 잠들지 못해 어깨가 결리고, 눈동자가 튀어나올 것처럼 아팠다. 밤새 쓸데없는 생각에 시달려 머리도 지끈거렸다. 정신 질환에 걸리는 사람의 마음을 알 것 같다. 가방에서 물을 꺼내 마셨지만 입안이 마르고, 머리에 안개가 낀 느낌이 사라지지 않았다. 당장 침대에 눕고만 싶었다.

편의점에 들어가서 드링크제와 콜라를 들고 계산대로 걸어갔다. 남자 후배 몇 명이 나를 자꾸 힐끔거렸다. 동영상이 벌써 인터넷 사이트에 올라왔나 싶어서 가슴이 철렁했다.

"왜 자꾸 봐?"

요 며칠, 나는 사소한 일에 예민하게 반응하고 쏘아붙이기 일쑤였다.

"아니에요."

녀석이 친구랑 주고받는 눈빛이 거슬렸지만 싸울 힘이 없었다.

드링크제를 마시면서 편의점을 나왔다. 어제 점심부터 아무것도 안 먹어서 속이 쓰렸다.

무슨 생각을 하며 걷고 있는지 모르겠는데, 점퍼 주머니에 들어 있던 핸드폰 진동에 놀라서 들고 있던 콜라를 떨어트렸다. 흰색 운동화 위로 검은색 액체가 쏟아졌다.

수진이의 연락이었다. 핸드폰이 나를 감시하는 것 같아 멀리 던져 버리고 싶지만 그러면 그놈은 집으로 전화해서 엄마와 통화를 할지도 모른다. 또 한숨이 나와 드링크제를 단숨에 마셨다. 며칠 동안 마신 콜라와 드링크제가 아마 스무 개는 넘을 것 같다.

맞은편에서 순찰을 도는 경찰들이 보였다. 나도 모르게 그쪽으로 허겁지겁 달려갔다.

"학생, 무슨 일이야?"

경찰들이 다가왔다. 그제야 정신을 차렸다. 나는 머뭇거리다가 뜬금없이 지금 몇 시냐고 묻고는 대답도 듣지 않고 부리나케 골목을 빠져나왔다.

걷다 보니 학교 앞이었다. 수업을 받기 싫었지만 버릇처럼 교문을 지났다. 무단결석하면 담임은 엄마에게 연락할 테고, 그러면 엄마는 핸드폰 위치 추적을 해서라도 나를 찾아낼 테니까.

교실로 들어갔다. 자습 시간이 거의 끝나 가고 있었다. 시험이 끝난 뒤라 교실이 어수선해 신경이 곤두섰다.

"문예부 문집에 졸업 선배들의 글을 실으면 어떨까? 승미 언니가 글을 가장 잘 쓰는데……, 자퇴했으면 선배가 아니지?"

문예부장인 진선이가 물었다.

"승미 언니, 요즘 어떻게 지내지?"

잊고 있던 승미 언니가 떠올랐다. 언니는 나를 이해해 주지 않을까?

"시내 사거리 편의점에서 일한대."

언니를 처음 만났던 때가 기억난다. 지난해 문예부에 가입했더니, 3학년 선배였던 승미 언니는 맑은 목소리로 환영하는 시를 낭송했다. 선배랍시고 군기 잡는 2학년들과 다르게 좋은 시집도 빌려주고, 가끔 떡볶이도 사 줬다. 지금까지 언니를 흉보는 사람을 본 적이 없었다.

"정민주, 문집에 넣을 글을 빨리 메일로 보내! 너만 아직도 안 보냈잖아."

문예부장이 다가왔다.

"알았으니까 제발 조용히 해."

나는 머리를 책상에 찧으면서 소리를 지르고 말았다. 아이들이 나를 보며 수군거렸다.

메일이라는 단어를 듣는 순간, 오빠에게 메일 계정을 알려 주지 않았다는 것이 떠올랐다. 그놈은 분명 오빠 핸드폰에 내 메일 주소가 있다고 했다. 선생님에게 과제를 제출하거나 문예부 친구들에게 작품 발송할 때 빼고는 메일을 거의 사용하지 않는다. 그러고 보니 이상한 점은 또 있었다. 그놈이 오빠 핸드폰에 저장된 번호를 보고 집으로 전화했다고 했는데, 오빠에게 집 전화로 연락한 적이 없다. 엄마에게 연애하는 것을 들키지 않으려고 집에서는 통화 대신 메시지를 주고받았다. 그런데 이제 와서 그런 것을 따질 필요가 있을까? 그놈은 이미 내 정보를 모두 알고 있다.

잠시 뒤, 담임이 들어와서 조회를 시작했다.

"오현아 안 왔어? 결석한다는 연락 없었는데."

오현아는 결석이나 지각 한번 하지 않는 모범생이다.

선생님의 이야기가 귀에 들어오지 않았다. 사소한 소리도 핸드폰 진동 같아 깜짝 놀랐고, 가슴이 불쾌하게 두근거려 앉아 있을 수 없었다. 그놈의 연락을 학교에서 받는다면 소리를 지르면서 창문을 열고 뛰어내리고 말 것 같았다.

조회를 마치고 담임에게 생리통이 심하고 몸살도 있다고 둘러 댔더니, 얼굴빛이 안 좋다며 조퇴하라고 했다.

가방을 챙겨 학교 밖으로 나왔지만 답답하기는 어디든 마찬가 지였다. 아랫배가 아파서 공원 화장실에 들어갔다가 초소형 몰래 카메라가 많다는 신문 기사가 떠올라 서둘러 볼일을 마치고 밖으 로 나왔다.

이제 무엇을 할까 망설이고 있는데, 화장실 뒤편에서 다투는 소 리가 들렸다. 다른 사람들에게 신경 쓸 마음의 여유가 없었는데, 여자 목소리가 익숙해 뒤쪽으로 다가갔다. 어떤 남자가 오현아를 때리려고 했다. 분위기가 심상찮아 다급하게 오현아를 불렀다.

"어떻게 알고 여기까지 왔냐? 진한 우정에 눈물이 난다. 끼리끼 리 잘 노네."

남자는 헛기침을 하더니 담배를 꺼내 입에 물었다. 덩치가 작 고, 순진해 보인다고 생각할 만큼 선한 이미지였다.

"원하는 대로 할 테니까 얼른 가."

오현아의 블라우스가 뜯겨 있었고 단추는 바닥에 나뒹굴었다.

남자는 야비하게 웃으며 공원을 빠져나갔다.

"무슨 일이야? 왜 학교에 안 왔어?"

"상관하지 마, 제발! 세상에서 네가 가장 싫어!"

내 상황 때문일까. 오현아의 짜증 섞인 말투에도 화가 나지 않았다. 때마침 핸드폰이 울려서 아무도 없는 곳으로 뛰어갔다. 그놈의 전화였다. 밤 아홉 시, 중앙 공원 주차장에서 만나자고 했다.

갈 곳도 없고, 만날 사람도 없어서 무작정 걸었다. 오늘도 하늘은 햇살이 비집고 들어올 틈 없이 짙은 잿빛이다. 겨울이 시작되고 있었다. 한참을 걸었더니 시내로 들어왔고 멀리 승미 언니가 일하는 편의점이 보였다.

그때 나는 왜 언니한테 따스한 말 한마디를 하지 못했을까. 솔직히 말하면, 언니 곁에 가면 나도 사람들에게 손가락질을 받을 것 같았다.

지난해 봄, 체육관에서 운동 도구를 정리하다가 남학생들의 이야기를 엿듣게 됐다. 남자애들은 승미 언니의 남친을 능력자라고 치켜세우면서 언니를 헤픈 년이라고 손가락질했다. 남친이 언니와 성관계를 했다며 떠벌리고 다녔던 것이다.

곧 언니가 임신했다는 소문이 학교에 퍼졌다. 학부모회에서 언니에게 자퇴를, 남친에게는 전학을 결정했다. 그 남친은 올해 의대에 입학했다. 아버지가 유명한 회계법인 임원이라는 이야기가 들려왔다. 형편이 어려운 언니는 고등학교 졸업도 못 하고 미혼모가 됐다.

건물 밖에서 편의점 안을 들여다보았다. 물건을 정리하는 언니는 많이 야위었고, 머리 스타일 탓인지 이십 대 후반처럼 보였다. 가게 문을 열고 들어가서 언니에게 속마음을 털어놓고 싶었지만 그럴 수 없었다.

어느덧 점심이 되었다. 바람이 어제보다 차가워서 몸살이 올 것 같아 어디론가 들어가야 했다.

같은 건물에 있는 피시방은 어두컴컴했고, 게임에 빠진 남자들이 소리를 질러 대서 정신이 없었다. 매캐한 담배 냄새에 계속해서 기침이 터졌지만 마땅히 갈 곳이 없었다.

인터넷에 접속했더니 내일 수능 성적이 발표된다는 기사가 보였지만 궁금하지 않았다. 그놈만 아니었다면 수능 결과에 관심을 보이며 내년 입시를 준비했을 텐데. 한숨이 나왔다. 최신 뉴스에 '몰카 주의보, 멀티방 알바생이 몰카 동영상 유포'라는 기사가 올라왔다. 피해자들의 사연을 읽고 싶지 않았다.

어디에선가 풍겨 오는 라면 냄새에 위산이 올라왔다. 죽이라도 먹어야 기운을 차릴 것 같아 음식을 파는 계산대 쪽으로 걸어가는데, 컴퓨터 한 대에 몰려 앉은 남자들이 큰 소리로 떠들어 댔다.

"이 몰카 어때? 이 여자 신음 소리 죽여."

"야동은 연기라서 재미가 덜해. 몰카는 진짜라서 더 흥분돼!"

남자들은 모니터를 뚫어지게 바라보느라 사람들에게 관심이 없었다. 몰카 동영상이 어느 사이트에 올라오는지 궁금해 남자들 뒤쪽으로 조용히 걸어갔다. 그때 뒤돌아보는 남자와 눈이 마주쳐 재빨리 밖으로 도망쳤다. 그러자 알바생이 뒤쫓아 와서 피시방 사용료를 내라고 했다.

그놈이 협박만 하지 않았다면, 아니 오빠라고도 부르고 싶지 않은 그 새끼가 영상만 찍지 않았다면 이 시간에 학교에서 수업을 듣고 있을 텐데. 언제쯤 한숨을 쉬지 않아도 될까? 결국 모든 책임은 나한테 있었다. 그런 놈을 남친이라고 믿었으니까.

나 혼자 당할 수는 없었다. 먼저 남친 새끼를 만나 해결 방안을 찾아야 했다. 오빠가 사는 아파트로 걸어가면서 전화를 했지만 전원이 꺼진 상태였다. 수능이 끝난 뒤라서 수험생은 봉사 활동이나 문화 체험을 하느라 학교에 오지 않았다.

오빠도 그놈의 협박을 피하는 것일까? 동영상이 유출돼 남자가 스스로 목숨을 끊었다는 기사는 보지 못했다. 그놈은 오빠 이야기를 한 번도 꺼낸 적이 없다.

오빠가 사는 아파트는 피시방에서 멀지 않았다. 택배 상자를 정리하는 경비원 아저씨한테 다가가서 5층에 사는 강혁준을 아는지 물었다.

"여자 친구야? 그 학생 며칠째 안 보이던데. 수능을 잘 못 봤다는 소문만 들었어."

아저씨는 상자를 들고 걸음을 재촉했다.

그놈보다 먼저 오빠, 아니 남친 새끼를 경찰에 신고할까? 생각이 멈추지를 않아 머리가 터질 것 같았다.

아파트 상가 1층에 약국이 있었다. 교복을 입은 학생에게 수면제나 신경 안정제를 줄 것 같지 않아서 감기약을 달라고 했다. 몸살이 심하다고 했더니 다른 약도 줬다.

드링크제와 감기약 세 알을 한번에 먹었다. 여전히 머리가 지끈거리고, 걸을 힘도 없었다. 가까운 찜질방이 어디에 있는지 핸드폰으로 검색했다.

일어나 보니 오후 네 시였다. 약 기운 탓인지 설핏 잠이 들었나보다. 누군가한테 쫓기는 꿈을 꿔 자고서도 개운하지 않고 정신이 몽롱했다. 매점에서 콜라를 사서 한 모금 마셨다. 시큼한 위산이 올라와 콜라를 쓰레기통에 뱉었다.

사우나로 내려가 로커 룸에서 핸드폰을 꺼냈다. 부재중 전화가 세 통이나 와 있었다. 한 통은 그놈의 연락일 테고, 오현아도 내게 전화를 두 번이나 했다. 현아에게 연락했지만 받지 않았다.

잠시 뒤, 그놈의 전화가 왔다. 사람이 없는 곳에서 통화를 했다.

"백만 원 준비해! 여고생이라서 적게 받는 거야. 경찰에 신고하면 알지?"

그놈은 자기 할 말만 하고서 전화를 끊었다. 예상했던 터라 놀랍지 않았다.

사촌 언니에게 친구의 최신 아이폰을 고장 내서 새로 사 줘야 한다고 둘러대며 오십만 원을 빌렸다. 엄마한테는 비밀로 해 달라는 말도 잊지 않았다. 언니가 바로 입금해 줘서 내 통장에 있는 돈을 더했더니 백만 원이 되었다.

그놈을 만나기 전에 무엇을 준비해야 할까. 거울을 보니 다행히도 롱패딩이 종아리까지 내려와서 교복이 보이지 않았다.

모자와 선글라스도 필요해 찜질방 건물 맞은편의 액세서리 가게에 갔다. 선글라스는 렌즈가 커서 얼굴을 가릴 수 있는 것으로 골랐다. 그 옆 핸드폰 용품 코너에서 충전기도 집었다. 그놈을 만나면 대화를 녹음해야 하는데, 핸드폰 배터리가 부족했다.

그놈을 만났을 때 빨리 도망쳐야 하는 상황이 벌어질 수도 있어서 미리 배를 채워야 한다. 음식점에 들어가 핸드폰을 충전하면서 메뉴판을 훑어보았다. 속이 쓰려 전복죽을 시켰다. 옆 테이블에서 풍기는 돈가스의 기름 냄새, 소스 냄새, 단무지 냄새에 속이 울렁거렸다. 밖으로 나가려다가 핸드폰 충전을 하려고 참았다.

그사이 창밖이 점점 어두워졌고, 그놈을 만날 시간이 가까워졌다. 전복죽이 나왔지만 도저히 먹을 수가 없어서 계산을 하고 밖으로 나왔다.

간판의 불빛들이 휘황찬란해 거리는 대낮 같았다. 강한 불빛에 눈이 아팠고, 여기저기에서 들리는 요란한 음악 소리에 남아 있던 기운마저 빠져나갔다. 세상은 아무 고민 없이 오늘도 잘 돌아가고 있었다.

조용한 곳으로 발걸음을 옮기던 중 뒤에서 달려오는 오토바이를 피하려다 엉덩방아를 찧었다. 오토바이를 탄 남자는 명함 크기의 전단지를 길거리에 뿌리며 황급히 사라졌다. 바닥에는 비키니나 속옷 차림을 한 여자 사진이 실린, 여대생 마사지와 풀싸롱 광고지가 수북했다. 옆 건물 지하에 있는 마사지숍의 광고였고, 그곳은 성매매 업소였다. 주변을 둘러보니 같은 2층에 있는 풀코스 룸싸롱의 간판 조명이 손님을 유혹하듯 번쩍거렸다.

불빛이 요란한 마사지 업소 입구에 승합차가 멈췄다. 미니스커트를 입은 젊은 여자들이 차에서 내려 안으로 들어갔다. 그 뒤를 양복 차림의 아빠 또래 남자들이 뒤쫓았다. 고개를 숙이거나 모자로 얼굴을 가리는 남자는 없었다. 다들 시시덕거리며 웃기 바빴다.

나는 왜 선글라스를 끼고 모자를 써서 얼굴을 가리려고 하는 것일까.

그때 어디에선가 고함이 들려와 고개를 돌렸다. 편의점 밖에서 승미 언니가 어떤 남자와 싸우고 있었다. 술주정을 하는 사내에게 눈을 부릅뜨고 목소리를 높이는 언니. 순하기만 하던 언니에게 저런 모습이 있다니.

임신 소문이 학교에 나돌 때, 언니는 문예부 시화전에 참석해 후배들을 응원했다. 부끄러움을 모른다고, 뻔뻔하다고 언니를 손가락질하는 사람이 많았다. 나도 그중에 한 명이었다. 이제라도 언니에게 사과하고, 힘든 시간을 어떻게 견뎌 냈는지 묻고 싶다.

편의점으로 가 싸우는 두 사람을 지켜보았다. 남자가 계산을 하면서 언니한테 농담하듯 성희롱을 했나 보다.

"아저씨, 요즘 언어적 성희롱도 범죄예요! 경찰에 붙잡혀 가야 정신 차리겠어요? 얼른 사과하세요!"

나는 핸드폰을 들고 경찰에 신고하겠다고 엄포를 놓았다. 그제야 아저씨가 언니에게 사과하고 도망치듯 자리를 떠났다.

"민주야, 오랜만에 만나서 이런 모습을 보이네……."

언니의 눈동자가 붉어졌다. 화장을 하지 않아 얼굴이 푸석푸석했지만, 눈빛은 여전히 따스했다.

편의점으로 들어갔다. 언니가 우유 라떼를 내밀었다. 목이 말랐던 터라 단숨에 마셨다.

"어제는 현아가 와서 한참 울다 갔어. 성적 스트레스가 심한 것 같아."

언니가 테이블을 행주로 훔쳤다. 오현아가 생각나서 전화를 했지만 여전히 받지 않았다.

"현아랑 가깝게 지내. 자격지심이 있어서 성격이 까칠하지만 속은 여려. 가정 형편이 어려운 자기와 달리 형편도 좋고, 공부도 잘하고, 성격도 시원시원한 너를 부러워하더라."

언니가 현아네 이야기를 들려줬다.

아버지가 병원에 입원한 지 오래되어서 학교에서 장학금과 급식비 지원을 받고, 독서실은 아는 분의 소개로 무료로 다닌다고 했다. 고액 과외를 받는다는 소문은 거짓이었다. 대학교도 장학금을 받지 못하면 못 갈 수도 있단다. 늘 쫓기듯 어딘가 불안해 보이던 현아의 눈빛이 떠올랐다.

"언니, 아기는 잘 커요?"

언니가 핸드폰에 저장되어 있는 아기 사진을 보여 주며 밝게 웃었다. 포동포동한 아기를 보니 어릴 때의 내 사진이 생각났다. 엄마 아빠도 아기일 때의 나를 보고 언니와 같은 표정을 지었을 텐데. 내가 이번 일로 목숨을 끊는다면 부모님은 어떻게 될까?

"너 무슨 일 있어? 얼굴이 안 좋아 보여."

언니의 포근한 목소리에 갑자기 눈가가 뜨거워졌다.

멀티방에서 생긴 오빠와의 일, 그때의 내 마음을 언니는 누구보다 잘 헤아려 줄 것 같았다. 다행히도 손님이 없었다. 콜라 한 캔을 단숨에 비우고 언니에게 며칠 동안 있었던 일을 털어놓았다. 언니가 내 손을 꼭 잡더니 112를 눌렀다. 통화는 내 몫이었다.

여덟 시 오십 분, 공원 앞을 서성거렸다. 가로등이 꺼져 있어서 주변이 어두컴컴했다. 십 분이 지났지만 그놈이 나타나지 않았다. 경찰에 신고했는지 확인하면서 어디에선가 나를 지켜보는 것 같다.

약속 시간이 한참 지나서 더 기다려야 하나 망설이는데 검은색 승합차가 멈추더니 보조석에서 키 작은 남자가 내렸다. 어두워서 얼굴이 선명하지 않았지만 어딘지 낯이 익었다.

"정민주, 돈 준비했어? 차에서 얘기하자."

나를 협박하던 그 목소리가 확실했다.

"돈 준비했어요. 일단 동영상 파일을 보여 주세요!"

일부러 큰 소리로 말하며 돈을 꺼냈다. 당황한 그놈이 이맛살을 찌푸렸다.

그사이에 숨어 있던 경찰들이 나타나서 녀석을 체포했다. 다리에 힘이 풀려 바닥에 주저앉은 나를 언니가 꼭 껴안았다.

"난 잘못 없어. 다 오현아가 시킨 거야!"

녀석이 소리치며 경찰차에 올랐다.

순간 머릿속을 스치는 얼굴이 떠올랐다. 오늘 아침에 오현아를 괴롭히던 그놈이었다. 언니가 오현아에게 연락해서 한참 동안 통화를 했다.

"몰카 동영상은 없고, 시험을 망치게 하려고 현아가 그놈한테 오만 원을 주고 거짓 협박을 시킨 거래."

언니의 목소리가 떨렸다.

나에게 보낸 사진은 그놈이 합성해서 만든 것이다. 멀티방의 핑크색 벽은 그놈이 직접 촬영했고, 사진은 내 페이스북에서 쉽게 찾을 수 있다. 오현아는 남자 친구가 마트에서 콘돔을 사려고 계산원과 실랑이를 벌일 때 그 뒤에 있었다고 한다. 몰래 우리 뒤를 밟아서 멀티방에 간 것까지 본 것이다. 같은 독서실에 다녀서 오빠가 핸드폰을 잃어버린 것도 알고 있었다.

그놈이 탄 차는 먼저 출발했다. 언니와 나는 다른 차에 올랐다. 핸드폰이 울렸다. 오현아였다. 언니가 받으라고 손짓해 통화 버튼을 눌렀다.

"미안해. 시험 전날에 딱 한 번만 연락하라고 했는데, 오히려 그걸로 나를 협박하고……."

오현아가 울먹거리며 그동안의 일을 털어놓았다.

그놈이 이런 사실을 학교에 알리겠다고 협박해 오십만 원을 요구했고, 더 많이 원해서 엄마의 금 목걸이까지 건넸다고 한다.

"너한테 다 털어놓고, 그놈을 절대 만나지 말라고 말하려고 낮에 연락했는데 통화가 안 됐어. 그 이후 놈들에게 붙잡혀 연락할 틈이 없었고, 성폭행당할 뻔했는데 도망쳤어."

더 이상 듣기 싫어서 전화를 끊었다.

오현아도 조사를 받으러 경찰서로 오고 있었다. 또 핸드폰이 울렸다. 오빠였다. 수능을 못 봐서 여행을 갔다가 지금 돌아와서 문자를 보고 연락한 것이었다. 오빠 목소리를 들으니 눈물이 멈추지 않았다. 오빠도 바로 경찰서로 오겠다고 말했다.

그사이 차가 경찰서에 도착했다. 나는 언니와 여성 청소년계 사무실로 들어갔다. 신고했을 때 친절하게 상담해 준 여자 경찰이 뜨거운 차를 내밀었다. 이제 모든 일이 끝났다. 따뜻한 곳에 들어왔더니 졸음이 쏟아졌다.

조사가 시작됐다. 언니가 옆에 없었다면 지금 나는 어떻게 됐을까? 언니의 손을 꼭 붙잡았다.

휴지로 눈물을 닦으며 경찰의 물음에 답했다. 모든 시작은 핑크 멀티방이었다.

"시내에 있는 핑크 멀티방? 9월 말?"

경찰이 주변 눈치를 보며 가까이 다가왔다.

"최근 신문 기사 못 봤어? 며칠 전, 핑크 멀티방 알바가 구속됐잖아."

경찰이 서류를 내밀었다.

알바생이 몰래 카메라를 설치해 녹화한 동영상을 외국 사이트에 팔았고 이번에 꼬리가 붙잡혔다는 수사 보고서였다. 수십 건의 동영상이 이미 인터넷에 돌고 있었다. 피해자들을 참고인으로 부를 차례였다고 한다.

"멀티방 이벤트에 응모한 사람들의 연락처와 인적 사항을 기록했다가 동영상 파일 이름으로 사용했나 봐."

순간 손에 들고 있던 컵을 떨어뜨렸다.

멀티방에서 음료 쿠폰을 받으려고 나도 이벤트에 응모했다. 문득 SNS 쪽지가 떠올라 페이스북에 접속했다. 음담패설로 가득한 쪽지가 또 와 있었다. 발신자는 내가 어느 학교에 다니는지, 이름은 무엇이고, 나이는 몇 살인지 모두 알고 있었다. 벌써 그 동영상을 본 사람이 있다는 뜻이다. 아침에 편의점에서 나를 흘깃거리던 남자 후배들, 그리고 동영상 삭제 전문가의 인터뷰 기사가 머릿속을 맴돌았다.

작가의 말

　도서관이나 서점에서 아무 책이나 꺼내 작가의 말만 읽는 독특한 습관이 있다. 작가의 말에는 본문에서는 접할 수 없는 글쓴이의 삶, 생각 등이 드러나 읽고 나면 저자와 친해진 느낌이랄까? 작가의 말이 없거나, 너무 짧거나 혹은 태평양만큼 넓고 심오해서 그 뜻을 헤아리지 못할 때면 조금 아쉽다. 최근에 본 임성순 작가의 소설집 『회랑을 배회하는 양떼와 그 포식자들』의 작가의 말이 재미있고 진솔해서 여러 번 읽었다.

　작가의 말 쓰기가 너무 어려워서 이번에는 넣지 않으려고 했으나, 나와 비슷한 습관을 갖고 있는 누군가를 위해 길게 쓰련다.

　이 책에 실린 다섯 편 모두 2018년에 썼다.

십삼 년 동안 살았던 집을 떠나 낯선 곳으로 옮겼다. 집을 구하러 부동산에 자주 가다 보니 자연스럽게 홈(home)과 하우스(house), 투자와 투기의 차이를 생각하게 되었다.

　마음에 드는 집으로 이사를 갔는데, 방문마다 귀여운 스티커가 붙어 있었다. 떼어 버리려다가 그것 또한 흔적이라 그대로 두었다. 그러던 중 어느 날 문득, 스티커를 누가 붙였는지 궁금해 상상하다가 「웰컴, 그 빌라 403호」가 떠올랐다. 그즈음 교사들이 학부모로부터 뇌물을 받아 학생의 성적을 조작한다거나, 시험 문제를 유출한 사건이 언론에 자주 보도되어 그 이야기도 담았다. 부동산 투기, 성적 조작 모두 나만 잘살면 된다는 이기심에서 시작되는 것 같다. 세상을 비판하기 전에 나는 어떻게 살고 있는지 돌아봐야겠다.

　열아홉 살 겨울, 수능 시험을 봤다. 성적이 형편없었지만 예상했던 터라 전혀 슬프지 않았다. 대학 입학 전까지 집에서 노느니 생산적인 일을 하려고 횟집에서 알바를 했는데 손님들과 사장님이 내게 장사에 재능이 있다는 말을 많이 했다. 그때의 경험이 「알바 염탐러」에 담겨 있다.

　군대 전역 직후인 스물네 살에 서울 시내에 있는 레스토랑에서 알바를 했다. 손님이 없어서 지루했고 월급 받기가 미안해 고민 끝에 다양한 이벤트를 준비했다. 다행히 매출이 늘었고, 급기야 사장님이 나한테 가게를 맡아서 운영해 보라고 제안했지만 아침부터 밤까지 가게에 있기 싫어서 거절했다.

한때 신문사 기자, 역사학자를 꿈꾼 적도 있었으나 공부와 인연이 없어서 일찍 접었고, 어쩌다 보니 글을 쓰며 살고 있다. 다른일을 했으면 내 삶은 많이 달라졌을까?

지금까지 글을 쓰며 얻은 큰 수확은, 재능이 뛰어나지 않다는것을 명확하게 깨달은 것이다. 재능이 없더라도 꾸준히 공부하면서 즐겁게, 묵묵히, 남의 눈치 보지 않고 내 속도대로, 여유롭게글을 쓸 수 있으면 좋겠다.

2017년도 하반기에 몽골 울란바토르에 석 달간 머물며 여행을다니고, 글을 쓰는 행운을 얻었다. 숙소가 대학 게스트하우스라서 한국어를 잘하는 몽골 대학생들과도 자주 만났다. 그중에서한국인과 외모가 똑같은 학생이 다섯 살 때 한국에 들어와 불법체류자로 지내다가 고등학교 졸업 후 강제 추방당했다며 소설로써 보라고 제안해 「그 사람의 이름은」을 구상했다.

몽골에서 여러 사람을 만나다 보니 세상에는 다양한 삶의 풍경이 존재했다. 그 삶이 내 방식과 다르다고 해서 틀린 것도 아니었고 모두 소중했다. 어쩌면 세상은 한 가지 색이 아니라 다양한 빛깔이라야 더 아름답지 않을까. 나이가 들수록 내 생각만 옳다고 주장하는 편협하고 권위적인 꼰대가 되지 말아야겠다고 다짐한다. 포용력이 넓은 괜찮은 사람이 되고 싶다. 몽골 생활이 풍성해지도록 도와주신 강선화 교수님을 비롯해 다우카, 권혜리 박시, 학생들에게 고마움을 전한다. 몽골 초원의 시원한 바람과 파란 하늘, 양떼, 홉스굴 호수의 물소리를 떠올리면 마음이 푸근해진다.

조카 해든, 여울이와 놀다 보면 육아 문제, 주거 문제, 어른들의 이기심 때문에 아이들이 겪는 여러 가지 사건들, 학교에서 벌어지는 왕따, 폭력 문제, 환경 파괴로 인해 심해지는 질병, 끝없는 경쟁 등 우리 사회의 문제들이 예민하게 다가온다. 조카들이 사춘기를 보낼 십 년 뒤 한국 사회가 지금보다 여유로워져서 아이들이 많이 웃고, 학교가 가고 싶은 곳이 되면 좋겠다. 노력이 많이 필요하다. 먼저 어른들이 행복해야 아이들도 건강하게 자랄 수 있다는 생각도 한다. 여러 가지 마음을 「버킷 리스트 1번」에 담았다.

'청소년들과 사회 문제'를 주제로 단편 소설 청탁을 받아 어떤 이야기를 쓸까 고민할 때, 한국에서 오 년 정도 머문 외국 청소년을 만났다. 한국말을 잘하는 남학생은 우리나라 교육에 대해 자신의 생각을 털어놓았는데, 특히 성교육이 수박 겉핥기로 진행되어, 현실을 따라잡지 못한다면서 자기네 나라의 성교육 방식을 들려줬다. 우리나라 교실에서 그런 성교육을 한다면 학부모들이 어떤 반응을 보일까. 남학생의 거침없는 이야기를 듣다 보니 청소년의 성과 우리 사회의 문제를 들여다보는 좋은 기회였고, 그 과정에서 「다섯 명은, 이미」를 떠올렸다.

솔직히 글을 쓸수록 왜 글쓰기를 하는지, 왜 책을 내는지 모르겠다. 점점 미궁으로 빠지는 기분이다. 발칙한 상상력, 예리한 문제의식, 감각적인 문장을 갖춘 눈부신 작가들이 많은데 역량이 부족한 나까지 글을 써야 하는지 고민을 자주한다. 그런 나를 격려하며 꾸준하게 기회를 준 여은영 편집자와 부족한 초고를 읽고 조언해 준 후배 선진 덕분에 이 책을 낼 수 있었다. 모두 좋은 인연이다. 글쓰기에 집중할 수 있도록 도와주시는 통진도서관에도 고마움을 전한다.

2019년 가을, 통진도서관 작가실에서

윤부일